CUENTOS MARAVILLOSOS

HERMANN HESSE

CUENTOS MARAVILLOSOS

edhasa

Consulte nuestra página web: www.edhasa.es
En ella encontrará el catálogo completo de Edhasa comentado.

Título original: *Märchen*

Diseño de la colección: Jordi Salvany

Diseño de la cubierta: Edhasa

Primera edición: julio de 2009
Tercera reimpresión: enero de 2016

© SuhrKamp Verlag, Frankfurt am Main, 2001
© de la presente edición: Edhasa, 1993, 2009

Avda. Diagonal, 519-521
08029 Barcelona
Tel. 93 494 97 20
España
E-mail: info@edhasa.es

Avda. Córdoba 744, 2° piso C
C1054AAT Capital Federal, Buenos Aires
Tel. (11) 43 933 432
Argentina
E-mail: info@edhasa.com.ar

ISBN: 978-84-350-1843-2

Impreso por Liberdúplex

Depósito legal: M. 7991-2010

Impreso en España

AGRADECIMIENTOS

El editor ha hecho todo lo posible para localizar a todos los derechohabientes de los cuentos y de las traducciones de los mismos incluidos en este volumen. De antemano pedimos disculpas por cualquier omisión o error involuntario.

«Juego de sombras», «Las metamorfosis de Píctor», traducciones de Thomas Kauf.

«El cuento del sillón de mimbre», «Rastro de un sueño», «El rey Yu», traducciones de Mireia Bofill, publicadas por autorización de Editorial Planeta, Barcelona.

«El salto», traducción de Feliu Formosa y Mireia Bofill, publicada por autorización de Editorial Planeta, Barcelona.

«Entre los masagetas», traducción de Manuel Olasagasti, publicada por autorización de Alianza Editorial, Madrid.

«Conversación con la estufa», traducción de Miguel Chamorro González, publicada por autorización de Aguilar S.A. de Ediciones, Madrid.

ÍNDICE

JUEGO DE SOMBRAS

La amplia fachada principal del castillo era de piedra clara y sus grandes ventanales miraban al Rin y a los cañaverales, y más allá a un paisaje luminoso y abierto de agua, juncos y pasto donde, más lejos aún, las montañas arqueadas de bosques azulados formaban una suave curva que seguía el desplazamiento de las nubes; sólo cuando soplaba el Foehn, el viento del Sur, se veía brillar los castillos y los caseríos, diminutas y blancas edificaciones en la lontananza. La fachada del castillo se reflejaba en la corriente tranquila, alegre y frívola como una muchacha; los arbustos del parque dejaban que su verde ramaje colgara hasta el agua, y a lo largo de los muros unas góndolas suntuosas pintadas de blanco se mecían en la corriente. Esta parte risueña y soleada del castillo estaba deshabitada. Desde que la baronesa había desaparecido, todas las habitaciones permanecían vacías, salvo la más pequeña, en la que como antaño seguía viviendo el poeta Floriberto. La dueña de la casa era la culpable de la deshonra que había recaído sobre su esposo y sus dominios, y de la antigua corte y de los numerosos y vistosos cortesanos de antaño ya nada quedaba excepto las blancas y suntuosas góndolas y el versificador silencioso.

El señor del castillo vivía, desde que la desgracia se había abatido sobre él, en la parte trasera del edificio, donde una enorme torre aislada de la época de los romanos oscurecía el patio angosto, donde los muros eran siniestros y húmedos, y las ventanas estrechas y bajas, pegadas al parque sombrío de árboles centenarios, grupos de grandes arces, de álamos, de hayas.

El poeta vivía en total soledad en su ala soleada. Comía en la cocina y a menudo transcurrían muchos días sin que viera al barón.

—Vivimos en este castillo como sombras —le dijo un día a uno de sus amigos de la infancia que había acudido a visitarlo y que no resistió más de un día en las inhóspitas habitaciones del castillo muerto. Antaño, Floriberto se había dedicado a componer fábulas y rimas galantes para los invitados de la baronesa y, tras la disolución de la alegre compañía, había permanecido en el castillo sin que nadie le preguntara nada, sencillamente porque su ingenuo y modesto talante temía mucho más los vericuetos de la vida y la lucha por el sustento que la soledad del triste castillo. Hacía mucho tiempo que no componía ya poemas. Cuando, con viento de poniente, contemplaba más allá del río y de la mancha amarillenta de los cañaverales el círculo lejano de las montañas azuladas y el paso de las nubes, y cuando, en la oscuridad de la noche, oía el balanceo de los árboles inmensos en el viejo parque, componía extensos poemas, pero que carecían de palabras y que nunca podían ser escritos. Unos de estos poemas se titulaba «El aliento de Dios» y trataba del cálido viento del sur, y otro se llamaba «Consuelo del alma» y era una contemplación del esplendor de los prados primaverales. Floriberto era incapaz de recitar o de cantar estos poemas, porque no tenían palabras, pero los soñaba y también los sentía, en particular por las noches. Por lo demás solía pasar la mayor parte de su tiempo en el pueblo, jugando con los niños rubios y haciendo reír a las muchachas y a las mujeres jóvenes con las que se cruzaba, quitándose el sombrero a su paso como si fueran damas de la nobleza. Sus días de mayor felicidad eran aquellos en los que se topaba con doña Inés, la hermosa doña Inés, la famosa doña Inés de finos rasgos virginales. La saludaba con gesto amplio y profunda inclinación, y la hermosa mujer se inclinaba y reía a su vez y, clavando su mirada clara en los ojos turbados de Floriberto, proseguía sonriente su camino resplandeciente como un rayo de sol.

Doña Inés vivía en la única casa que había junto al parque asilvestrado del castillo y que antaño había sido un pabellón anexo de la baronesa. El padre de doña Inés, un antiguo guarda forestal, había recibido la casa en compensación por algún favor excepcional que le había hecho al padre del actual dueño del castillo. Doña Inés se había casado muy joven regresando al pueblo poco después convertida en una joven viuda, y vivía ahora, tras la muerte de su padre, en la casa solitaria, sola con una sirvienta y una tía ciega.

Doña Inés siempre llevaba unos vestidos sencillos pero bonitos, y siempre nuevos y de suaves colores; seguía teniendo el rostro juvenil y fino, y su abundante y morena cabellera recogida en gruesas trenzas ceñía su hermosa cabeza. El barón había estado enamorado de ella, antes incluso de haber repudiado a su mujer de costumbres disolutas, y ahora volvía a estarlo. Se encontraba por las mañanas en el bosque con ella, y por las noches la llevaba en barca por el río a una cabaña de juncos en los cañaverales; allí, su sonriente rostro virginal descansaba contra la barba prematuramente encanecida del barón, y los dedos finos de ella jugaban con la dura y cruel mano de cazador de él.

Doña Inés iba todas las fiestas de guardar a la iglesia, rezaba y daba limosna para los pobres. Visitaba a las ancianas menesterosas del pueblo, les regalaba zapatos, peinaba a sus nietos, las ayudaba en las labores de costura y, al marchar, dejaba en sus humildes cabañas el suave resplandor de una joven santa. Todos los hombres la deseaban, y al que fuera de su agrado y llegara un buen momento le concedía, además del beso en la mano, un beso en los labios, y el que fuera afortunado y bien parecido podía atreverse, cuando llegara la noche, a escalar su ventana.

Todo el mundo lo sabía, incluso el barón, pese a lo cual la hermosa mujer proseguía en total inocencia y con mirada sonriente su camino, como una muchachita ajena a cualquier deseo de un hombre. De tanto en tanto, aparecía un amante nuevo, que la cortejaba discretamente como a una belleza inaccesible, henchido de orgullo y de felicidad por la valiosa conquista, asombrado de que los demás hombres no se la disputaran y le sonrieran. La casa de doña Inés se levantaba apacible junto al lindero del parque siniestro, rodeada de rosales trepadores y aislada como en un cuento de hadas, y allí vivía ella, entraba y salía, fresca y tierna como una rosa una mañana de verano, con un resplandor puro en su rostro de niña y las pesadas trenzas aureolando su cabeza de finas facciones. Las ancianas pobres del pueblo la bendecían y le besaban las manos, los hombres la saludaban con profunda inclinación y sonreían a su paso, y los niños corrían hacia ella tendiéndole las manitas y dejándose acariciar en las mejillas.

—¿Por qué eres así? —le preguntaba a veces el barón amenazándola con mirada severa.

—¿Acaso tienes algún derecho sobre mí? —respondía doña Inés con ojos asombrados y jugando con sus trenzas morenas.

Quien más enamorado estaba era Floriberto, el poeta. A él el corazón le daba brincos cuando la veía. Cuando oía algún comentario malévolo sobre ella, sufría, sacudía la cabeza y no le daba crédito. Si los niños se ponían a hablar de ella, se le iluminaba el rostro y prestaba el oído como si escuchara una canción. Y de todos sus sueños, el más hermoso consistía en soñar despierto con doña Inés. Entonces lo adornaba con todo, con lo que amaba y con lo que le parecía hermoso, con el viento de poniente y con el horizonte azulado, y con todos los luminosos prados primaverales, que disponía a su alrededor; y en ese cuadro introducía toda la nostalgia y el cariño inútil de su existencia de niño inútil. Una noche, a principios de verano, tras un largo período de silencio, un soplo de vida nueva sacudió la torpeza del castillo. El estruendo de un cuerno atronó en el patio donde penetró un coche que se detuvo entre chirridos. Se trataba del hermano del barón que venía de visita, un hombre alto y bien parecido, que lucía una perilla puntiaguda y una mirada enojada de soldado, acompañado por un único sirviente. Se entretenía bañándose en las aguas del Rin y disparando a las gaviotas plateadas para pasar

15

el rato. Iba con frecuencia a caballo a la ciudad cercana de donde regresaba por las noches, borracho, y también hostigaba ocasionalmente al pobre poeta y se peleaba cada dos por tres con su hermano. No paraba de darle consejos, de proponerle arreglos y nuevas dependencias, de recomendarle transformaciones y mejoras, que nada representaban en su caso, ya que él nadaba en la abundancia gracias a su matrimonio, mientras que el barón era pobre y no había conocido más que desdichas y sinsabores durante la mayor parte de su vida.

Su visita al castillo se debía a un capricho que ya le empezó a pesar al cabo de la primera semana. No obstante se quedó y no dijo ni palabra de marcharse, pese a que a su hermano la idea no le habría disgustado en absoluto. Y es que había visto a doña Inés y había empezado a cortejarla.

No pasó mucho tiempo y, un día, la sirvienta de la hermosa mujer lució un vestido nuevo, regalo del barón forastero. Y al cabo de otro poco, ya recogía junto al muro del parque los mensajes y las flores que le entregaba el sirviente del mismo barón forastero. Y tras unos pocos días más, el barón forastero y doña Inés se encontraron un hermoso día de verano en una cabaña en medio del bosque y él le besó la mano, y la boquita menuda y el cuello tan blanco. Pero cuando doña Inés iba al pueblo y él se cruzaba con ella, entonces el barón forastero la saludaba con una profunda reverencia y ella le agradecía el saludo como una muchacha de diecisiete años.

Volvieron a transcurrir unos días, y una noche que se había quedado solo, el barón forastero vio una nave con un remero y una mujer deslumbrante a bordo que des-

16

cendía la corriente. Y lo que su curiosidad en la oscuridad no pudo saciar le quedó confirmado con creces al cabo de unos días: aquella a la que había estrechado contra su corazón a mediodía en la cabaña del bosque y a la que había encandilado con sus besos surcaba las oscuras aguas del Rin por las noches en compañía de su hermano y desaparecía con él en los cañaverales.

El forastero se volvió taciturno y tuvo pesadillas. Su amor por doña Inés no era como el que se siente por un trofeo de caza apetecible, sino como el que se siente por un valioso tesoro. Cada uno de sus besos lo colmaba de dicha y de asombro, asustado de que tanta pureza y tanta dulzura hubieran sucumbido a su reclamo. Con lo que a ella la había amado más que a otras mujeres, y junto a ella había recordado su juventud, y así la había abrazado con ternura, agradecimiento, y consideración a la vez. A ella que, cuando llegaba la noche, se perdía en la oscuridad con su hermano. Entonces se mordió los labios y sus ojos lanzaron destellos de ira.

Indiferente a todo lo que estaba sucediendo e insensible a la atmósfera de velada pesadumbre que se cernía sobre el castillo, el poeta Floriberto seguía llevando su apacible existencia. Le disgustaban las vejaciones y tormentos ocasionales del huésped del castillo, pero de antaño estaba acostumbrado a soportar escarnios de este tipo. Evitaba al forastero, se pasaba el día entero en el pueblo o con los pescadores a orillas del Rin, y se dedicaba a fantasear vaporosas ensoñaciones en el calor de la noche. Y una mañana tomó conciencia de que las primeras rosas de té junto al muro del patio del castillo empezaban a florecer. Hacía ya tres veranos que solía depositar las primicias de estas insólitas rosas en el umbral de la puerta de doña Inés y se alegraba de poder ofrecerle por cuarta vez consecutiva este modesto y anónimo regalo.

Aquel mismo día, a mediodía, el forastero se encontró con la hermosa doña Inés en el bosque de hayas. No le preguntó dónde había ido la víspera y la antevíspera a la caída de la noche. Clavó su mirada casi horrorizada en los ojos inocentes y apacibles y, antes de irse, le dijo:

—Vendré esta noche a tu casa cuando anochezca. ¡Deja la ventana abierta!

—Hoy no —respondió suavemente ella—, hoy no.

—Pues vendré.

—Mejor otro día. ¿Te parece? Hoy no, hoy no puedo.

—Vendré esta noche. Esta noche o nunca. Haz lo que quieras.

Ella se separó de su abrazo y se alejó.

Al anochecer, el forastero estuvo al acecho del río hasta que cayó la noche. Pero la barca no se presentó. Entonces se encaminó hacia la casa de su amada y se ocultó detrás de un matorral con el fusil entre las piernas.

El aire era cálido y apacible. Los jazmines perfumaban la atmósfera y tras una hilera de nubecitas blancas el cielo se fue llenando de pequeñas estrellitas apagadas. El canto profundo de un pájaro solitario se elevó en el parque.

Cuando ya casi era noche cerrada, giró con paso taimado un hombre junto a la casa, casi furtivo. Llevaba el sombrero profundamente hundido sobre los ojos, pero estaba todo tan oscuro que se trataba de una preocupación inútil. En la mano derecha llevaba un ramo de rosas blancas que proyectaban una claridad apagada en la noche. El que estaba al acecho agudizó la mirada y armó el fusil.

El recién llegado alzó la mirada hacia las ventanas en las que no brillaba luz alguna. Entonces se acercó a la puerta, se agachó y estampó un beso en el picaporte metálico de la puerta.

En ese instante surgió la llama, se oyó un estampido seco que el eco repitió suavemente en las profundidades del parque. El portador de las rosas dobló las rodillas, después cayó hacia atrás y tras unos breves espasmos silenciosos quedó tumbado de espaldas en la gravilla.

El que estaba al acecho permaneció todavía un buen rato oculto, pero nadie apareció y tampoco nada se movió en la casa silenciosa. Entonces salió con prudencia de su escondite y se agachó sobre la víctima de su disparo, que yacía con la cabeza descubierta pues había perdido el sombrero en su caída. Compungido, reconoció con asombro al poeta Floriberto.

—¡Así que él también! —se lamentó alejándose.

Las rosas quedaron esparcidas por el suelo, una de ellas en medio del charco de sangre del poeta. En el campanario del pueblo sonó la hora. El cielo se cubrió de nubes blancuzcas, hacia las que la inmensa torre del castillo se alzaba como un gigante que se hubiese dormido erguido. La corriente perezosa del Rin cantaba su dulce melodía y, en el interior del parque sombrío, el pájaro solitario siguió cantando hasta pasada la medianoche.

EL CUENTO DEL SILLÓN DE MIMBRE

Un joven estaba sentado en su solitaria buhardilla. Le hubiese gustado llegar a ser pintor; pero para ello debía superar algunas cosas bastante difíciles, y para empezar vivía tranquilamente en su buhardilla, se iba haciendo algo mayor y había adquirido la costumbre de pasarse horas ante un pequeño espejo y dibujar bocetos de autorretratos. Estos dibujos llenaban ya todo un cuaderno, y algunos le habían complacido mucho.

–Considerando que aún no poseo ninguna preparación en absoluto –decía para sus adentros–, esta hoja me ha salido francamente bien. Y qué arruga más interesante allí, junto a la nariz. Se nota que tengo algo de pensador o cosa por el estilo. Únicamente me falta bajar un poquito más las comisuras de la boca, eso crea una impresión singular, claramente melancólica.

Sólo que al volver a contemplar los dibujos al cabo de cierto tiempo, en general ya no le gustaban nada. Eso le incomodaba, pero dedujo que se debía a que estaba progresando y cada vez se exigía más.

La relación del joven con su buhardilla y con las cosas que allí tenía no era de las más deseables e íntimas, pero no obstante tampoco era mala. No les hacía más ni menos injusticia de lo habitual entre la mayoría de la gente, a duras penas las veía y las conocía poco.

En ocasiones, cuando no acababa, una vez más, de lograr un autorretrato, leía libros en los que trababa conocimiento con las experiencias de otros hombres que, al igual que él, habían comenzado siendo jóvenes modestos y totalmente desconocidos, y después habían llegado a ser muy famosos. Le gustaba leer esos libros, y en ellos leía su futuro.

Un día estaba sentado en casa, malhumorado otra vez y deprimido, leyendo el relato de la vida de un pintor holandés muy famoso. Leyó que ese pintor sufría una verdadera pasión, incluso un delirio, que estaba absolutamente dominado por una urgencia de llegar a ser un buen pintor. El joven pensó que ese pintor holandés se le parecía bastante. Al proseguir la lectura fue descubriendo muchos detalles que muy poco tenían en común con su propia experiencia. Entre otras cosas leyó que cuando hacía mal tiempo y no era posible pintar al aire libre, ese holandés pintaba, con tenacidad y lleno de pasión, todos los objetos sobre los que se posaba su mirada, incluso los más insignificantes. Así, una vez había pintado un viejo taburete desvencijado, un basto, burdo taburete de cocina campesina hecho de madera ordinaria, con un asiento de paja trenzada bastante gastado. Con tanto amor y tanta fe, con tanta pasión y tanta entrega había pintado el artista ese taburete, el cual con toda certeza nunca hubiese merecido la atención de nadie de no mediar esa circunstancia, que había llegado a constituir uno de sus cuadros más bellos. El escritor empleaba muchas palabras hermosas, incluso conmovedoras, para describir ese taburete pintado.

Llegado a este punto, el lector se detuvo y reflexionó. Había descubierto algo nuevo y debía intentarlo. Inmediatamente –pues era un joven de determinaciones extraordinariamente rápidas– decidió imitar el ejemplo de ese gran maestro y probar también ese camino hacia la fama.

Echó un vistazo a su buhardilla y advirtió que, de hecho, hasta entonces se había fijado realmente muy poco en las cosas entre las cuales vivía. No logró encontrar ningún taburete desvencijado con un asiento de paja trenzada, tampoco había ningún par de zuecos; ello le afligió y le desanimó un instante y estuvo a punto de sucederle lo de tantas otras veces, cuando la lectura del relato de la vida de los grandes hombres le había hecho desfallecer: entonces comprendió que le faltaban y buscaba en vano precisamente todas esas menudencias e inspiraciones y maravillosas providencias que de modo tan agradable intervenían en la vida de aquellos otros. Pero pronto se recompuso y se hizo cargo de que en ese momento era totalmente cosa suya emprender con tesón el duro camino hacia la fama. Examinó todos los objetos de su cuartito y descubrió un sillón de mimbre, que muy bien podría servirle de modelo.

Acercó un poco el sillón con el pie, afiló su lápiz de dibujante, apoyó el cuaderno de bocetos sobre la rodilla y comenzó a dibujar. Consideró que la forma ya quedaba bastante bien indicada con un par de ligeros trazos iniciales y, con rapidez y energía, pasó a delinear el contorno con un par de trazos gruesos. Le cautivó una profunda sombra triangular en un rincón, vigorosamente la reprodujo, y así fue tirando adelante hasta que algo comenzó a estorbarle.

Continuó aún un rato más, luego levantó el cuaderno a cierta distancia y contempló su dibujo con ojo crítico. Entonces advirtió que el sillón de mimbre quedaba muy desfigurado.

Encolerizado, añadió una línea, y después fijó una mirada furibunda sobre el sillón. Algo fallaba. Eso le enfadó:

—¡Maldito sillón de mimbre! —gritó con vehemencia—, ¡en mi vida había visto un bicho tan caprichoso!

El sillón crujió un poco y replicó serenamente:

—¡Vamos, mírame! Soy como soy y ya no cambiaré.

El pintor le dio un puntapié. Entonces el sillón retrocedió y volvió a adquirir un aspecto totalmente distinto.

—¡Estúpido sillón —gritó el jovenzuelo—, todo lo tienes torcido e inclinado!

El sillón sonrió un poco y dijo con dulzura:

—Eso es la perspectiva, jovencito.

Al oírlo, el joven gritó:

—¡Perspectiva! —gritó airado—. ¡Ahora este zafio sillón quiere dárselas de maestro! ¡La perspectiva es asunto mío, no tuyo, no lo olvides!

Con eso, el sillón no volvió a hablar. El pintor se puso a recorrer enérgicamente el cuarto, hasta que abajo alguien golpeó enfurecido el techo con un palo. Ahí abajo vivía un anciano, un estudioso, que no soportaba ningún ruido.

El joven se sentó y volvió a ocuparse de su último autorretrato. Pero no le gustó. Pensó que en realidad su aspecto era más atractivo e interesante, y era cierto.

Entonces quiso proseguir la lectura de su libro. Pero seguía hablando de ese taburete de paja holandés y eso le molestó. Le parecía que verdaderamente armaban demasiado alboroto por ese taburete y que en realidad...

El joven sacó su sombrero de artista y decidió ir a dar una vuelta. Recordó que en otra ocasión, mucho tiempo atrás, ya le había llamado la atención cuán insatisfactoria resultaba la pintura. Sólo deparaba molestias y desengaños y, por último, incluso el mejor pintor del mundo sólo podía representar la simple superficie de las cosas. A fin de cuentas ésa no era profesión adecuada para una persona amante de lo profundo. Y, de nuevo, como ya tantas otras veces, consideró seriamente la idea de seguir una vocación aún más temprana: mejor ser escritor. El sillón de mimbre quedó olvidado en la buhardilla. Le dolió que su joven amo se hubiese marchado ya. Había abrigado la esperanza de que por fin llegaría a entablarse entre ellos la debida relación. Le hubiese gustado muchísimo decir una palabra de vez en cuando, y sabía que podía enseñar bastantes cosas útiles a un joven. Pero, desgraciadamente, todo se malogró.

SUEÑO DE FLAUTAS

«Toma esto», dijo mi padre, y me alcanzó una pequeña flauta de hueso, «tómala y no olvides a tu anciano padre cuando alegres a la gente con tu música en países lejanos. Es tiempo de que veas el mundo y aprendas algo. He mandado hacer esta flauta, porque no te gusta ninguna otra tarea, excepto cantar. Piensa también que debes tocar siempre canciones bonitas y amables, de lo contrario sería malgastar el don que Dios te ha concedido».

Mi querido padre entendía poco de música, era un erudito. Él pensaba que yo no tenía más que soplar en la linda flauta para que todo anduviera bien. Como no lo quería despojar de su creencia, le agradecí, guardé la flauta y procedí a despedirme.

Nuestro valle me era conocido hasta el gran molino del caserío; detrás comenzaba el mundo, y debo admitir que me gustó mucho. Una abeja fatigada de volar se había posado sobre mi manga, y la llevé conmigo para tener, en mi primer descanso, un mensajero que llevara enseguida mis saludos a la patria que dejaba atrás.

Bosques y praderas acompañaban mi camino, y muy lozano también el río me acompañaba. Descubrí que el mundo se diferenciaba poco de mi patria. Los árboles y flores, las espigas de trigo y los avellanos me hablaban;

yo cantaba sus canciones con ellos, y ellos me comprendían, como en casa. De pronto mi abeja despertó, se arrastró despaciosamente hasta mi hombro, levantó el vuelo y giró dos veces en torno a mí con su zumbido dulce y profundo; luego se orientó rectamente hacia atrás, hacia el hogar.

En eso surgió del bosque una muchacha joven, que llevaba un cesto en el brazo y un sombrero de paja de ala ancha que dejaba en sombras la rubia cabeza.

«Dios te guarde», le dije, «¿adónde vas?».

«Debo llevar la comida a los segadores», dijo. Y se puso a caminar a mi lado. «¿Y tú, dónde quieres ir?»

«Voy a conocer el mundo, mi padre me ha enviado. Él cree que debo tocar mi flauta en público, ante la gente, pero no sé hacerlo bien todavía, antes debo aprender mucho.»

«Bueno, bueno. ¿Y qué sabes hacer en realidad? Porque algo debes saber.»

«Nada en especial. Puedo cantar canciones.»

«¿Qué clase de canciones?»

«De todo tipo ¿sabes? A la mañana y a la noche, a los árboles, a las bestias, a las flores. Ahora, por ejemplo, podría cantar una canción bonita acerca de una muchacha joven que sale del bosque para llevar la comida a los segadores.»

«¿Puedes hacerlo? ¡Cántala entonces!»

«Lo haré, pero, ¿cómo te llamas?»

«Brigitte.»

Entonces entoné la canción de la linda Brigitte con el sombrero de paja, y lo que llevaba en el cesto, y de cómo las flores la miraban cuando pasaba y los vientos azules la seguían a lo largo del cerco del jardín, y todo lo relacionado con ella. Atendió seriamente a la canción, y me dijo que era buena. Y cuando le comenté que estaba hambriento, levantó la tapa del cesto y extrajo un pedazo de pan. Mientras yo le echaba el diente con ahínco, al tiempo que continuaba ágilmente la marcha, ella me dijo: «No se debe comer a la carrera. Una cosa después de la otra». Entonces nos sentamos sobre la hierba, yo comí mi pan y ella se abrazó las rodillas con sus manos bronceadas y me miró.

«¿Quieres volver a cantarme alguna otra cosa?», preguntó cuando dejé de comer.

«Con gusto. ¿Qué quieres que cante?»

«Algo acerca de una chica que está triste porque ha sido abandonada por su novio.»

«No, no puedo. No conozco eso, y tampoco debe uno estar triste. Mi padre dijo que debo cantar siempre canciones graciosas y amables. Te cantaré algo acerca del cuclillo o de la mariposa.»

«Y de amor, ¿no sabes ninguna?», preguntó luego.

«¿De amor? Oh sí, eso es lo más lindo de todo.»

Enseguida empecé una canción acerca de cómo el rayo de sol está enamorado de las rojas amapolas y juega con ellas lleno de alegría. Y de la hembra del pinzón, cuando aguarda al pinzón y al llegar éste vuela como si estuviera asustada. Y seguí cantando acerca de la muchacha de ojos pardos y del joven que llega y canta y recibe un pan de regalo; pero ahora no quiere más pan, quiere un beso de la doncella y quiere ver dentro de sus ojos pardos, y canta y canta hasta que ella empieza a sonreír y le cierra la boca con sus labios.

Entonces Brigitte se inclinó y cerró mi boca con sus labios; luego cerró los ojos y los volvió a abrir. Y yo miré las estrellas cercanas de un dorado oscuro y en ellas estábamos reflejados yo mismo y un par de blancas flores del prado.

«El mundo es muy hermoso», dije, «mi padre tenía razón. Pero ahora te ayudaré a llevar estas cosas hasta donde está esa gente».

Tomé su cesto y proseguimos el camino. Su paso sonaba con el mío y su alegría coincidía con la mía, y el bosque hablaba delicado y fresco desde la montaña. Yo nunca había caminado tan contento. Durante un largo rato canté con fuerza, hasta que tuve que cesar de puro exceso; era demasiado todo lo que susurraba y hablaba desde el valle y la montaña, desde la hierba y el follaje, desde el río y los matorrales.

Entonces pensé: si pudiera comprender y cantar al mismo tiempo las mil canciones del universo, de la floresta y el bosque de pinares, y también de los animales. Y asimismo todas las canciones de los mares lejanos y las montañas, de las estrellas y la luna; y si todo eso pudiera simultáneamente resonar en mi interior y ser cantado, entonces yo sería como el buen Dios y cada canción debería ser como una estrella en el cielo.

Pero mientras yo pensaba de este modo, lo cual me había dejado silencioso y maravillado, pues antes jamás se me habían ocurrido cosas así, Brigitte se detuvo y sujetó firmemente el asa del cesto.

«Ahora debo subir», dijo. «Allá arriba está nuestra gente. ¿Y tú, adónde vas? ¿Por qué no vienes conmigo?».

«No, no puedo ir contigo. Tengo que ver el mundo. Muchas gracias por el pan, Brigitte, y por el beso. Pensaré en ti.»

Ella tomó su cesto con la comida; y otra vez sus ojos de sombras pardas se inclinaron sobre mí, y sus labios se adhirieron a los míos. Su beso fue tan bueno y dulce, que casi me puse triste de pura felicidad. Entonces le dije adiós y marché presuroso carretera abajo.

La muchacha subió lentamente por la montaña; se detuvo bajo el follaje que caía al borde del bosque, y miró hacia abajo donde yo estaba. Y cuando le hice señas y agité el sombrero sobre mi cabeza, inclinó ella la suya una vez más y desapareció en silencio, como una imagen, entre la sombra de las hayas.

Yo, por mi parte, continué tranquilo el camino sumido en mis pensamientos, hasta que el sendero dio la vuelta en un recodo.

Allí había un molino, y junto al molino se hallaba una barca en el agua. Un hombre sentado en la barca parecía estar esperándome; en efecto, cuando me saqué el sombrero y subí a bordo, la barca comenzó a navegar enseguida río abajo. Me senté en la mitad de la embarcación, y el hombre atrás, al timón. Y cuando le pregunté adónde íbamos, levantó la vista y me miró con ojos grises y velados.

«Donde quieras», dijo con voz apagada. «Río abajo hacia el mar o a las grandes ciudades, la elección es tuya. Todo me pertenece.»

«¿Todo te pertenece? ¿Entonces eres el rey?»

«Quizá», dijo él. «Y tú eres un poeta, según creo. ¡Cántame entonces una canción de viaje!».

Me infundía temor ese hombre serio y sombrío, y además nuestra barca navegaba tan rápido y sin ruido río abajo, que saqué fuerzas de flaqueza y canté acerca del río que lleva las naves y en el que se refleja el sol; el río, que es más ruidoso en contacto con las orillas rocosas y termina alegremente su peregrinaje.

El semblante de aquel hombre permanecía impasible; cuando finalicé, asintió silenciosamente, como uno que sueña. Y enseguida, ante mi asombro, él mismo comenzó a cantar. Y también cantó acerca del río y del viaje del río por los valles, y su canción era más bella y vigorosa que la mía, pero todo sonaba muy distinto.

El río, tal como él lo cantaba, bajaba como un ser destructor dando tumbos desde las montañas, hosco y salvaje, rechinando los dientes al sentirse refrenado por los molinos y presionando por los puentes; odiaba a todos los barcos que debía sostener; y bajo sus olas, y entre largas y verdes plantas acuáticas, mecía sonriente los blancos cuerpos de los ahogados.

Nada de esto me gustaba; ¡pero su tono era tan hermoso y enigmático que quedé completamente confundido, y angustiado callé. Si lo que aquel cantor viejo, sutil e inteligente cantaba con su voz sofocada era cierto, entonces todas mis canciones habían sido nada más que tontería, torpes juegos infantiles. Entonces el mundo no era básicamente bueno y lleno de luz, como el corazón de Dios, sino opaco y sufriente, malo y sombrío; los bosques no susurraban de placer, susurraban de dolor.

Seguimos navegando. Las sombras se hicieron más largas, y cada vez que yo comenzaba a cantar mi voz sonaba menos clara, e iba apagándose. Y cada vez el extraño cantor respondía con una canción que hacía al mundo más y más incomprensible y doloroso, y a mí me dejaba más y más desconcertado y triste.

Me dolía el alma, y sentía no haberme quedado en tierra junto a las flores o al lado de la bella Brigitte; para consolarme, empecé a cantar en la oscuridad creciente, con voz fuerte a través del rojo resplandor del anochecer, la canción de Brigitte y de sus besos.

Entonces se inició el ocaso y enmudecí. El hombre al timón cantó, y también él cantó del amor y del placer del amor, de ojos oscuros y ojos azules, de labios rojos y húmedos, y era hermoso y conmovedor lo que cantaba lleno de pena a medida que oscurecía sobre el río. Pero en su canción el amor era también lúgubre y temible, y se había convertido en un secreto mortal, dentro del cual los hombres, extraviados y dolidos, tanteaban entre penurias y anhelos, y se torturaban y mataban los unos a los otros.

Yo escuchaba y quedé muy fatigado y entristecido, como si hubiera estado viajando durante años a través de la mayor miseria y aflicción. Sentía que del desconocido emanaba y se deslizaba en mi corazón una permanente, silenciosa, fría corriente de pena y mortal angustia.

«Así que la vida no es lo más elevado y hermoso», dije finalmente con amargura, «sino la muerte. Entonces te ruego, oh triste monarca, que cantes una canción a la muerte».

El hombre al timón cantó de la muerte, y cantó más bellamente que antes. Pero tampoco era la muerte lo más hermoso y alto, tampoco en ella había consuelo. La muerte era vida, y la vida muerte, y estaban enzarzadas entre sí en un furioso combate de amor, y esto era lo último y el sentido del mundo, y de allí se desprendía un resplandor que podía, a pesar de todo, alabar toda miseria, pero también una sombra que enturbiaba todo placer y belleza rodeándolos de tiniebla. Pero desde esta tiniebla ardía el placer más bella e íntimamente, y el amor ardía más profundo en medio de esa noche.

Yo escuchaba y me había quedado totalmente en silencio; no existía en mí otra voluntad que la del extranjero. Su mirada descansó sobre mí, callada y con una cierta bondad melancólica, y sus ojos grises estaban cargados del dolor y la belleza del mundo. Me sonrió, y entonces cobré ánimos y le rogué en mi necesidad: «¡Ah, retorna, por favor! Tengo miedo aquí en la noche, quisiera volver a la casa de mi padre, o volver para encontrar a Brigitte».

El hombre se levantó y señaló la noche; el farol resplandeció claramente sobre su rostro enjuto e imperturbable. «Ningún camino va hacia atrás», dijo seria y amablemente, «hay que proseguir siempre hacia delante, si se quiere conocer el mundo. Y de la muchacha de los ojos oscuros ya has tenido lo mejor y más hermoso, y cuanto más te alejes de ella, tanto más hermoso y mejor será. Pero marcha hacia donde quieras; te daré mi lugar al timón».

Yo me hallaba tremendamente entristecido, pero sabía que él tenía razón. Lleno de nostalgia pensé en Brigitte y en mi país y en todo lo que había sido hasta entonces cercano, luminoso y mío, y en todo lo que había perdido. Pero en ese momento iba a tomar el sitio del extraño y conducir el timón. Así debía ser.

Me levanté en silencio y me dirigí a través de la barca al asiento del timonel; el hombre se acercó a mí también en silencio, y cuando estuvimos el uno frente al otro me miró fijamente a la cara y me dio su farol.

Pero cuando me senté al timón y hube afianzado el farol junto a mí, me encontré solo en la barca; advertí con un profundo estremecimiento que el hombre había desaparecido. Sin embargo, no me sentía asustado, lo había presentido. Me parecía que el hermoso día de viaje, Brigitte, mi padre y la patria habían sido sólo un sueño, y que yo era un viejo apenado y que siempre había viajado a través de aquel río nocturno.

Comprendí que no debía llamar a ese hombre, y el reconocimiento de la verdad se desplomó sobre mí como una helada.

Para saber lo que ya presentía, me incliné sobre el agua y alcé el farol, y desde la negra superficie me miró un rostro penetrante y serio con ojos grises, un rostro viejo y sabio. Era el mío.

Y como ningún camino lleva hacia atrás, continué el viaje por las aguas oscuras a través de la noche.

NOTICIA CURIOSA DE OTRA ESTRELLA

En una de las provincias meridionales de nuestra hermosa estrella había ocurrido una desgracia espantosa. Un terremoto acompañado por tremendas tormentas e inundaciones había dañado tres grandes pueblos y todos sus jardines, campos, bosques y plantaciones. Muchísimas personas y numerosos animales habían perecido, y, lo más penoso de todo, faltaban las flores necesarias para revestir a los muertos y adornar en debida forma sus sepulcros.

Todo lo demás ya había sido atendido. Apenas pasadas las peores horas, mensajeros con el gran llamado de amor recorrían aprisa las comarcas vecinas. Y desde las torres de la provincia entera se escuchaba cantar a los chantres aquel versículo emotivo y conmovedor, que es conocido desde la antigüedad como el Saludo a la Diosa de la piedad, y cuyos acentos nadie es capaz de resistir. Desde todas las ciudades y comunidades acudían caravanas de gente altruista y compasiva; los infelices que habían perdido su techo fueron abrumados con invitaciones y ruegos amistosos, fuera por parientes, amigos y extraños, para residir en sus casas. Alimento y vestidos, coches y caballos, herramientas, piedras, madera y muchas otras cosas fueron traídos en calidad de ayuda. Y mientras los ancianos, mujeres y niños eran recogidos todavía por manos caritativas y hospitalarias, mientras se lavaba y vendaba cuidadosamente a los heridos y se buscaba a los muertos entre los escombros, otras personas ya se ocupaban en despejar los lugares donde los tejados se habían caído, en apuntalar con vigas las paredes tambaleantes, y en disponer todo lo necesario para una rápida reconstrucción. Y a pesar de que aún flotaba en el aire un hálito de espanto ante la desgracia ocurrida, y de todos los muertos emanaba un requerimiento al luto y al silencio respetuoso, no obstante podía notarse en todos los rostros y voces una disposición alegre y una cierta festividad tierna. Pues la comunidad, en su obrar laborioso y su certeza dinámica de estar haciendo algo tan excepcionalmente necesario, tan hermoso y digno de agradecimiento, se derramaba en todos los corazones. En un comienzo todo había ocurrido con timidez y silencio, pero pronto fue posible escuchar aquí y allá una voz alegre, una canción cantada suavemente en homenaje a una labor común, y, como puede imaginarse, entre lo cantado figuraban en primer término estos dos viejos versos proverbiales: «Bienaventurado el que lleva ayuda a quien ha sido recién atacado por la desgracia; ¿no bebe su corazón el beneficio como un jardín reseco la primera lluvia, y da una respuesta con flores y agradecimiento?»; y aquel otro: «La alegría de Dios fluye a partir del quehacer común».

Pero justamente entonces surgió aquella lamentable escasez de flores. Por cierto que los muertos encontrados en primer término habían sido adornados con las flores y ramos que pudieron juntarse de los jardines destruidos. Luego se habían empezado a traer de los luga-

38

res vecinos todas las flores asequibles. Pero la desgracia singular consistía en que precisamente las tres comunidades arrasadas eran las poseedoras de las mayores y más bellas flores de la temporada. Allí concurría le gente año tras año para ver los narcisos y los azafranes, pues en ninguna parte había una cantidad tan inmensa ni especies tan cultivadas y de tan maravillosos colores. Y todo eso estaba ahora destruido y perdido. De modo que la gente, muy desconcertada, no sabía cómo cumplir con el ritual impuesto por la costumbre a la memoria de esos muertos, el que exige que cada persona fallecida y cada animal muerto sea adornado solemnemente con las flores de la estación, y que su entierro sea tanto más rico y luminoso cuanto más repentina y tristemente haya uno fallecido.

El hombre más viejo de la provincia, uno de los primeros que había llegado en su coche para proporcionar ayuda, se encontró pronto asediado por tantas preguntas, ruegos y lamentos, que le costó bastante conservar la calma y la serenidad. Pero mantuvo el corazón en su sitio, sus ojos permanecieron límpidos y amistosos, su voz clara y cortés, y sus labios entre la barba blanca no olvidaron un instante la sonrisa tranquila y benévola que convenía a su condición de sabio y consejero.

«Amigos míos», dijo, «ha caído sobre nosotros una desgracia con la que los dioses han querido probarnos. Todo cuanto aquí ha sido aniquilado podemos reconstruirlo y devolverlo pronto a nuestros hermanos. Y yo agradezco a los dioses que mi avanzada edad me haya permitido ver de qué modo habéis venido y habéis abandonado lo vuestro para acudir en ayuda de nuestros hermanos. Pero, ¿de dónde tomaremos las flores, a fin de adornar decorosa y hermosamente a todos estos difuntos para la fiesta de su transmutación? Porque, en tanto nosotros estemos aquí con vida, ninguno de estos fatigados peregrinos debe ser sepultado sin su correspondiente ofrenda floral. Esta es seguramente también vuestra opinión».

«Sí», exclamaron todos, «esta es también nuestra opinión». «Lo sé», dijo el anciano con voz patriarcal. «Les diré, amigos, qué es lo que debemos hacer. Todos aquellos caídos, a los que hoy no podemos enterrar, tendrán que ser llevados al Gran Templo del verano que está en lo alto de la montaña, donde aún hay nieve. Allí estarán seguros y no sufrirán alteración mientras no les sean llevadas las flores. Pero sólo una persona nos puede procurar tantas flores en esta estación del año. Eso lo puede hacer únicamente el rey. De modo que debemos enviar a uno de los nuestros al rey para pedirle ayuda».

Y de nuevo asintieron todos, y exclamaron: «¡Sí, sí, al rey!». «Así es», prosiguió el anciano, y bajo la blanca barba cada uno vio qué alegremente brillaba su hermosa sonrisa. «¿A quién, sin embargo, debemos enviar a ver al rey? Tendrá que ser joven y robusto, pues el camino es largo, y debemos facilitarle el mejor caballo. Ha de tener también un porte gentil, buen ánimo y brillo en la mirada, para que el corazón del rey no pueda menos que conmoverse. No es necesario que diga muchas palabras, pero sus ojos deben saber hablar. Lo mejor sería enviar un niño, el niño más hermoso del pueblo, pero, ¿cómo podría resistir tal viaje? Debéis ayudarme, amigos míos; si entre vosotros hay alguno que quiera tomar sobre sí esta embajada, o si sabe de alguien, le ruego que lo diga».

El anciano guardó silencio y miró en torno con sus ojos claros, pero nadie se adelantó y ninguna voz se dejó oír.

Tras haber formulado su pregunta por tercera vez, salió de la multitud un adolescente de dieciséis años, casi un niño todavía. Bajó la mirada y enrojeció al ir a saludar al anciano.

Éste lo miró y de inmediato se dio cuenta de que se trataba del mensajero adecuado. Pero sonrió y dijo: «Está bien que quieras ser nuestro enviado. Pero, ¿cómo es posible que entre tanta gente seas el único que se ha ofrecido?».

El joven levantó la vista hacia el anciano y dijo: «Si no hay otro que quiera ir, entonces dejad que vaya yo».

Y uno entre la multitud gritó: «Envíalo, anciano, todos lo conocemos. Es oriundo de esta aldea y el terremoto ha devastado su jardín, que era el más bello de este lugar».

El viejo miró al joven amistosamente a los ojos y preguntó: «¿Tanto te apena lo ocurrido a tus flores?».

El joven respondió en voz baja: «Es cierto que me apena, pero no es por eso que me he presentado. Tenía un amigo muy querido y también un potrillo predilecto. Ambos perecieron en el terremoto y yacen en el pórtico de nuestra casa; debe haber flores para que puedan ser sepultados».

El anciano lo bendijo con las manos extendidas, y de inmediato se requirió el mejor caballo para el joven, quien montó al instante, palmoteó el cuello del animal y se despidió con un gesto, para emprender luego el galope a través de la aldea sobre los campos húmedos y devastados.

El joven cabalgó el día entero. Para llegar más pronto a la lejana capital y presentarse al rey, cortó camino por la montaña. Hacia la noche, cuando comenzaba a oscurecer, condujo a su cabalgadura por las riendas a través de una senda empinada a través del bosque y de las rocas.

Un gran pájaro oscuro, como nunca viera antes, lo precedía con su vuelo. Él lo seguía, hasta que el pájaro se posó en el tejado de un templete abierto. El joven dejó el caballo suelto en medio de la hierba y pasó entre las columnas de madera al interior del sencillo santuario. A modo de altar de sacrificio halló solamente un bloque de una piedra negra que no existía en esa región, y encima la extraña imagen de una deidad que el mensajero no conocía: un corazón devorado por un pájaro salvaje.

Tributó a la deidad sus respetos y trajo como ofrenda una campanilla azul que había recogido al pie de la montaña y luego prendido en su vestidura. Enseguida se acostó en un rincón, pues estaba muy cansado y quería dormir.

Pero no podía conciliar el sueño, a pesar de que éste solía llegar a su lecho cada noche sin ser llamado. La campanilla sobre la roca, la misma piedra negra, o tal vez alguna otra cosa, exhalaba un aroma peculiar, intenso y doloroso; la imagen inquietante de la divinidad brillaba como un espectro en la oscura galería; y sobre el tejado estaba posado el extraño pájaro que de tiempo en tiempo batía con fuerza sus enormes alas, que sonaban como un huracán entre los árboles.

Así ocurrió que en mitad de la noche el joven se levantó, salió del templo y levantó su vista hacia donde el pájaro se hallaba. Éste aleteó y lo miró.

«¿Por qué no duermes?», preguntó el pájaro.

«No lo sé», dijo el joven. «Quizá porque he sufrido un dolor».

«¿Y cuál es ese dolor?»

«Mi amigo y mi caballo favorito, ambos han muerto.»

«¿Es la muerte algo tan malo?», preguntó burlonamente el pájaro.

«Oh, no, gran pájaro, no es algo tan malo, la muerte es sólo una despedida. Pero no es por eso que estoy triste. Lo malo es que no podemos enterrar a mi amigo y a mi hermoso caballo, porque ya no tenemos flores para ello.»

«Hay cosas peores», dijo el pájaro, y agitó malhumorado sus estrepitosas alas.

«No, querido pájaro, algo peor seguramente no existe. Al muerto que es sepultado sin una ofrenda de flores, le está vedado renacer según los deseos de su corazón. Y quien entierra a sus muertos y no celebra a continuación la fiesta de las flores, ve luego las sombras de los fallecidos en sus sueños. Comprendes entonces que no pueda seguir durmiendo mientras mis muertos carezcan de flores.»

El corvo pico del pájaro dejó escapar un graznido chillón.

«Muchacho, nada sabes del dolor si no has sufrido más que éste. ¿Acaso nunca has oído nada acerca de los grandes males? ¿Del odio, del asesinato, de los celos.»

El joven, al escuchar estas palabras, creyó que soñaba. Luego reflexionó y dijo con prudencia: «Por cierto, pájaro, lo recuerdo: sobre esas cosas hay algo escrito en las historias, y en los cuentos de hadas. Pero eso

43

está ciertamente fuera de la realidad, o quizás ocurrió así en el mundo hace mucho tiempo, cuando no existían las flores ni los dioses buenos. ¡Quién se acuerda de ello ahora!».

El pájaro rió silenciosamente con su agudo timbre. Luego se irguió más alto y dijo al jovencito: «¿Así que quieres ir a ver al rey y que yo te indique el camino?».

«Oh, lo sabes ya», exclamó jubilosamente el joven. «Sí, te ruego que me guíes, si así lo quieres».

Entonces el pájaro se posó sin ruido en el suelo, abrió también sin ruido sus alas y ordenó al joven dejar allí su caballo para poder viajar con él a fin de ver al rey.

El mensajero se sentó a horcajadas sobre el pájaro. «¡Cierra los ojos!», mandó el pájaro, y así fue hecho. Y volaron en silencio a través de la oscuridad del cielo, blandamente, como hacen las lechuzas. Sólo el aire frío zumbaba en las orejas del mensajero. Y volaron durante toda la noche.

A la mañana temprano tocaron tierra, y el pájaro gritó: «¡Abre los ojos!». Y el joven abrió sus ojos. Entonces vio que se encontraba en el lindero de un bosque, y con la primera claridad de la mañana una llanura resplandeciente lo cegaba con su luz.

«Aquí en el bosque me volverás a encontrar», dijo el pájaro. Se lanzó hacia las alturas como una flecha y de inmediato desapareció en el azul.

El joven, mientras marchaba desde el bosque y se internaba en la vasta llanura, sintió que todo le era extraño. Alrededor de él se hallaban las cosas tan cambiadas y trastocadas, que no sabía si estaba despierto o soñando. Los prados y las flores eran semejantes a los de su lugar natal, y el sol brillaba, y el viento jugaba entre la hierba florida; pero no se divisaban seres humanos ni animales, parecía como si allí un terremoto hubiera causado estragos lo mismo que en su patria. Pues en el suelo yacían esparcidos ruinas de edificios, ramas rotas y árboles arrancados, cercos destruidos y útiles de labor abandonados. De improviso advirtió en medio del campo un cadáver que no había sido sepultado y que se hallaba en horroroso estado de descomposición. Ante el espectáculo, el joven sintió que lo invadían un profundo espanto y un acceso de repugnancia, pues nunca había visto nada similar. El muerto no tenía ni siquiera cubierto el rostro, ya medio echado a perder a causa de los pájaros y de la podredumbre. Desviando la mirada, buscó algunas hojas verdes y flores, y cubrió con ellas el semblante del difunto.

Un olor indefinible, repulsivo y agobiador se extendía, tibia y tenazmente, a través de la llanura. Otro cadáver yacía entre la hierba rodeado por una bandada de cuervos, y un caballo decapitado y huesos de hombres y bestias; todos estaban abandonados al sol, como si nadie hubiera pensado en funerales floridos y en tumbas. El joven temía que una hecatombe inimaginable hubiera acabado con todos los habitantes de ese país; y había tantos muertos que tuvo que cesar de cortar flores para ellos y de cubrirles el rostro con las mismas. Angustiado y con los ojos a medio cerrar, prosiguió su camino; de todas partes emanaba el olor a carroña y a sangre, mientras desde miles de lugares ruinosos y de los cadáveres partía una oleada cada vez más poderosa de dolor y desolación. El mensajero creyó que había caído en una pesadilla maligna y vio en ello una advertencia celestial, porque sus propios muertos carecían aún de su fiesta de las flores y de sepultura. Entonces volvió a recordar lo que la noche anterior le había dicho desde el tejado el pájaro oscuro, y le pareció oír otra vez su aguda voz que profería: «Hay cosas peores».

Comprendió entonces que el pájaro lo había transportado a otra estrella, y que todo lo que sus ojos veían era real y verdadero. Recordó la impresión con que había oído algunas veces, siendo niño, narraciones terroríficas acerca de las épocas primitivas. Ahora volvía a experimentar una sensación similar; primero un escalofrío de pavor, y luego un silencioso y plácido alivio en el corazón, pues todo aquello era algo infinitamente distante y había ocurrido en tiempos muy remotos. Aquí todo acontecía como en los cuentos de terror. Todo ese mundo extraño de atrocidades, cadáveres y aves que se alimentaban de carroña, parecía obedecer sin sentido ni medida a reglas incomprensibles, de locura, según las cuales siempre acaecía lo malo, lo desatinado y lo deforme en lugar de lo hermoso y lo bueno.

De pronto observó a un ser viviente que andaba entre los campos; un aldeano o un criado. Corrió hacia él y lo llamó. Cuando lo vio de cerca, el joven se aterrorizó y su corazón fue invadido por la piedad, pues el aldeano era tremendamente feo y apenas un ser humano. Parecía un sujeto acostumbrado a pensar nada más que en sí mismo, a presenciar siempre lo negativo, un hombre que viviera permanentemente entre sueños angustiosos. En sus ojos, en su semblante y en toda su naturaleza no había nada de alegría ni de bondad, nada de gratitud o confianza. La virtud más sencilla y sobreentendida parecía faltarle a ese infortunado.

Pero el joven se dominó, se aproximó al hombre con gran amabilidad, como si se tratase de un ser marcado por la desgracia, lo saludó fraternalmente y lo encaró con una sonrisa. El hombre feo parecía pasmado y miró con asombro desde sus ojos grandes y tristes. Su voz era ruda y disonante, como el gruñido de seres inferiores. Sin embargo, no le fue posible resistirse a la serenidad, a la humilde confianza de la mirada del joven. Y después de haber observado fijamente durante un rato al forastero, surgió de su rostro tosco y agrietado una especie de sonrisa más o menos sardónica, bastante desagradable, pero suave y asombrada, tal como la primera pequeña sonrisa de un alma que acaba de renacer y que en ese momento llegara desde la región más interior de la tierra.

«¿Qué quieres de mí?», preguntó aquel hombre al joven forastero.

De acuerdo con los hábitos de su patria, el muchacho respondió: «Te agradezco, amigo, y te ruego me digas si puedo hacerte algún servicio».

Y como el campesino callara sonriendo entre perplejo y desconcertado, el mensajero le preguntó: «Dime amigo, ¿qué significa este espectáculo espantoso?», y señaló en torno con la mano.

El campesino se esforzó en comprenderlo, y al repetir el mensajero su pregunta, dijo: «¿Nunca viste esto? Es la guerra. Éste es un campo de batalla». Y señalando un negro montón de ruinas, exclamó: «Aquélla era mi casa». Y cuando el extranjero, lleno de una piedad que le nacía del corazón, mirara en sus ojos enturbiados, el campesino bajó la vista y la clavó en el suelo.

«¿No tenéis un rey?», preguntó ahora el joven, y al asentir el campesino, interrogó: «¿Dónde está, pues?». El hombre indicó a lo lejos una tienda de campaña que podía divisarse muy remota y pequeña. Entonces el mensajero se despidió posando su mano en la frente de aquél, y continuó su camino. El campesino se palpó la frente con ambas manos, sacudió preocupado la pesada cabeza y se quedó largo rato parado en tanto que seguía mirando con fijeza al extranjero.

Este último corrió y corrió entre escombros y horrores, hasta llegar a la tienda de campaña. Por todas partes corrían hombres armados, pero nadie reparaba en él, y así pasó entre las tiendas y la gente, hasta encontrar la tienda más grande y hermosa del campamento, que era la del rey. Entonces se dispuso a entrar.

En la tienda estaba el rey sentado en una cama baja y sencilla. Su manto se extendía a un lado, y al fondo se acurrucaba dormitando un criado. El rey se hallaba sumido en profundos pensamientos. Su rostro era bello y triste, un mechón de cabellos grises caía sobre su frente tostada; la espada estaba tendida en el suelo delante de él.

El joven saludó sin decir palabra, con respeto, tal como hubiera saludado a su propio rey, y permaneció aguardando de pie, con los brazos cruzados sobre el pecho, hasta que el monarca lo miró.

«¿Quién eres?», preguntó severamente, y contrajo las oscuras cejas, pero su mirada quedó suspendida ante los rasgos puros y alegres del extranjero; y el joven lo miró tan lleno de confianza y gentileza, que la voz del rey se hizo más suave.

«Yo te he visto alguna vez», dijo, como si recordase, «o te pareces a alguien que conocí en mi infancia».

«Soy extranjero», dijo el emisario.

«Habrá sido un sueño», dijo quedamente el rey. «Me recuerdas a mi madre. Habla. Cuéntame».

El joven comenzó: «Me trajo un pájaro. En mi país hubo un terremoto, quisimos enterrar a nuestros muertos, pero no había flores».

«¿No había flores?», dijo el rey.

«No, no quedaba ninguna. Y nada peor para nosotros que sepultar a un muerto sin ofrecerle nuestra fiesta de las flores, pues el primer paso de su transformación debe ser dado en medio del esplendor y la alegría.»

De pronto el mensajero recordó cuántos muertos insepultos había yaciendo afuera sobre ese campo de horror, y se contuvo. El rey lo miró, meneó la cabeza y suspiró profundamente.

«Yo quería llegar hasta nuestro rey y pedirle muchas flores», prosiguió el mensajero, «pero cuando estaba en el templo de la montaña, vino ese pájaro enorme y me dijo que me llevaría ante el rey y me trajo por los aires hacia ti. ¡Oh, amado rey, aquel templo era de una deidad desconocida para mí, en su tejado se había posado el pájaro, y este dios tenía una imagen sumamente curiosa sobre su piedra sagrada: un corazón, en el que se alimentaba un pájaro salvaje! Con aquel inmenso pájaro tuve una conversación durante la noche. Y sólo ahora puedo comprender sus palabras, pues me dijo que había mucho más dolor y maldad en el mundo de lo que yo podía imaginar. Y tenía razón, para llegar a este sitio he tenido que atravesar ese campo vastísimo, y durante esas horas he visto sufrimientos y calamidades infinitas, mucho mayores de lo que refieren nuestras leyendas más terroríficas. Entonces llegué hasta ti, ¡oh rey!, para preguntarte si puedo hacer algo en tu servicio.»

El rey, que había escuchado atentamente, trató de sonreír, pero había tanta gravedad y amargura en su hermoso semblante, que no pudo hacerlo.

«Te agradezco», dijo; «no puedes prestarme ningún servicio. Pero me has hecho recordar a mi madre, y te doy las gracias.»

El joven se sintió afligido porque el rey no podía sonreír. «Estás tan triste», le dijo «¿es a causa de la guerra?».

«Sí», dijo el rey.

Frente a este hombre profundamente abatido y tan noble, sin embargo, el joven no pudo dejar de violar una regla de la cortesía. Y preguntó: «Pero dime, te suplico, ¿por qué os hacéis estas guerras en vuestra estrella? ¿Quién tiene la culpa? ¿Acaso la tienes tú?».

El rey miró fija y largamente al mensajero, parecía enfadado ante la impertinencia de la pregunta. Pero no pudo reflejar por mucho tiempo su mirada sombría en los ojos claros y desprevenidos del extranjero.

«Eres un niño», dijo el rey, «y éstas son cosas que no podrías entender. La guerra no es culpa de nadie, llega por sí misma, como la tormenta y el rayo, y todos nosotros, los que debemos combatir, no somos sus iniciadores, sino sus víctimas».

«¿Entonces entre vosotros el morir es cosa leve?», preguntó el joven. «En nuestro país la muerte no es, por cierto, algo muy temido, y la mayoría se entrega dócilmente a ella. E inclusive muchos se encaminan alegremente a su metamorfosis. Sin embargo, nadie se atrevería a dar muerte a su prójimo. En vuestra estrella esto debe ser diferente».

El rey sacudió la cabeza. «Entre nosotros no se mata a menudo», dijo, «y esta acción es el delito más grave que puede cometerse. Sólo en la guerra se permite hacerlo, porque allí nadie mata por odio o envidia, o en su propio beneficio, sino que todos hacen lo que la comunidad exige de ellos. Pero estás equivocado si crees que nosotros morimos con agrado. Si observas los rostros de nuestros muertos, verás que ellos mueren penosamente, muy penosamente, y contra su deseo».

El joven escuchó todo esto y se sorprendió por la tristeza y pesadumbre de la vida que los seres de esa estrella parecían soportar. Hubiera querido formular muchas otras preguntas, pero sentía claramente que nunca llegaría a comprender toda la relación de esas cosas oscuras y espantosas. Y ni siquiera tenía el deseo de comprenderlas. Y pensó que esos seres lamentables pertenecían a un orden inferior y no conocían aún a los dioses celestiales o estaban gobernados por demonios, o bien, que en esa estrella imperaba un infortunio, algún pecado o error. Y le pareció demasiado penoso y cruel seguir interrogando más a ese monarca y obligarlo a respuestas y confesiones, cada una de las cuales podía ser muy amarga y humillante para aquél. Esos hombres, que vivían con un oscuro temor ante la muerte, y a pesar de ello se aniquilaban en masa, esos hombres cuyas caras mostraban una rudeza tan indigna como la del campesino y una aflicción tan profunda y terrible como la del rey, le daban lástima y con todo le parecían curiosos y casi ridículos, ridículos y necios a través de su apariencia lamentable y vergonzosa.

Pero hubo una pregunta que no podía reprimir. Si esos pobres seres se habían quedado allí en esa estrella, a modo de criaturas retardadas, hijos de un astro tardío y sin paz, si la vida de esos hombres corría como una convulsión estremecida y terminaba en una desesperada matanza, si dejaban a sus muertos tirados en los campos de batalla y acaso hasta se los comían —porque también de eso se hablaba en aquellos horrorosos cuentos de hadas del remoto pasado—, así y todo tenía que existir en su interior un presentimiento del futuro, una imagen soñada de los dioses, algo como un germen del alma. De otra manera, todo aquel mundo despojado de belleza hubiera sido sólo un error sin sentido.

«Perdóname, oh rey», dijo el joven con voz lisonjera, «perdona si me atrevo a hacerte una pregunta más, antes de abandonar este singular país tuyo».

«¡Pregunta, pues!», accedió el rey, que sentía algo muy particular frente a este extranjero, pues en muchos aspectos se le revelaba como un espíritu sutil, maduro e incalculable, y en otros, sin embargo, parecía como un niño pequeño al que hay que tratar con cuidado y sin tomarlo demasiado en serio.

«Extraño rey», fueron las palabras del mensajero, «me has causado una gran tristeza. Mira, yo vengo de otras tierras, y veo que el gran pájaro del tejado del templo tenía razón; aquí entre vosotros hay un dolor infinitamente mayor del que yo me hubiera podido imaginar. Vuestra vida parece ser un sueño de angustia, y no sé si se encuentra gobernada por dioses o demonios. Sabe, oh rey, que entre nosotros hay una leyenda que yo tenía antes por una mescolanza de cuentos de hadas y humo vacío. La misma refiere que en otros tiempos fueron también conocidos entre nosotros cosas tales como la guerra, el asesinato y la desesperación. Estas palabras espantosas, que nuestro idioma ignora desde hace mucho tiempo, las leemos en los viejos libros de cuentos; y nos suenan como algo terrible, y también un poco ridículas. Pero hoy aprendí que todo eso es real; y te veo a ti y a los tuyos hacer y padecer aquello que conocíamos por medio de esas terribles leyendas de nuestra época pretérita. Ahora dime: ¿no tenéis en vuestra alma el presentimiento de que no hacéis lo debido? ¿No tenéis el anhelo de dioses luminosos, risueños, de guías y gobernantes más compresivos y felices? ¿No soñáis nunca con una existencia distinta y más hermosa, donde nadie quiera lo que los otros tampoco desean, donde reinen la razón y el orden, donde los hombres se reúnan entre sí con alegría y consideración recíproca? ¿No habéis tenido jamás el pensamiento de que el universo es un todo, y que reverenciándolo, amándolo, ese todo os curaría y os haría felices? ¿No sabéis nada de lo que nosotros en mi país llamamos música, ni del servicio de Dios, ni de la salvación?».

El rey, al escuchar estas palabras, había inclinado la cabeza. Pero, al levantarla, su semblante se había transformado, y resplandecía con el brillo de una sonrisa, pese a que sus ojos estaban llenos de lágrimas.

«Gentil muchacho», dijo el rey, «no sé bien si eres un niño, un sabio o quizás una divinidad. Pero puedo responderte que conocemos todo aquello de lo que tú hablabas, y lo llevamos en el alma. Anhelamos la dicha, anhelamos la libertad, anhelamos a los dioses. Tenemos una leyenda según la cual un sabio de la antigüedad percibió la unidad del universo como una música armoniosa de los espacios celestes. ¿Te basta con eso? Quizás eres un bienaventurado del Más allá, pero aunque fueses el mismo Dios, no existe en tu corazón ninguna felicidad, poder o voluntad, de los cuales no aliente en nuestros corazones un presentimiento, un reflejo, una sombra por lejana que sea».

Y de improviso se irguió cuan alto era, y el joven quedó maravillado, porque en un instante el rostro del rey se había bañado en una sonrisa luminosa, sin sombras, como el resplandor de la mañana.

«¡Vete, pues!», dijo al mensajero. «¡Vete y deja que hagamos la guerra y nos asesinemos! Me ablandaste el corazón, me recordaste a mi madre. ¡Basta, basta de ello, mi bello muchacho! Vete ahora, huye antes de que comience la nueva batalla. Yo pensaré en ti cuando la sangre corra y las ciudades ardan; pensaré que el mundo es un Todo, del que ni siquiera nuestra necedad, nuestra cólera y nuestro salvajismo pueden separarnos. ¡Adiós! Saluda de mi parte a tu estrella, y a esa deidad, cuya imagen es un corazón devorado por un pájaro. Conozco bien ese corazón y a ese pájaro. Y advierte, mi lindo amigo de la lejanía: cuando pienses en tu amigo, en este pobre rey de la guerra, no lo recuerdes tal como lo viste cuando estaba sentado en el lecho, hundido en la aflicción, piénsalo sonriendo con lágrimas en los ojos y sangre en las manos».

El rey alzó la lona de la tienda con su propia mano, sin despertar al criado, y dejó que el extranjero saliera. Con nuevos pensamientos volvió el joven sobre sus pasos a través de la llanura, y vio con las luces del anochecer en el horizonte una gran ciudad envuelta en llamas: se alejó, y subiendo entre cadáveres humanos y descompuestos despojos de caballos, alcanzó el linde del bosque de la montaña cuando ya había oscurecido.

Entonces descendió desde las nubes el gran pájaro, lo recibió sobre sus alas, y volaron durante la noche en silencio y blandamente, igual que las lechuzas.

Cuando el joven despertó tras un sueño intranquilo, estaba en el pequeño templo de la montaña; allí delante lo aguardaba, entre la hierba húmeda, su caballo, cuyo relincho saludaba al nuevo día. Pero del pájaro enorme, de su viaje a una estrella lejana, del rey y del campo de batalla, nada recordaba. Sólo una sombra había quedado en su alma, un leve dolor escondido como el que causa una espina menuda, así como duele una compasión desvalida y un vago deseo insatisfecho es capaz de atormentarnos en sueños; hasta que al cabo desentrañamos sus ansias secretas, que consisten en demostrar al ser amado cuánto deseamos participar de sus alegrías y contemplar su sonrisa.

El mensajero montó a caballo, y después de cabalgar todo el día llegó hasta la capital para ver a su rey. Y se demostró que había sido el mensajero adecuado. Porque el rey lo recibió con el saludo del mejor augurio, en tanto que le tocaba la frente y exclamaba: «Tus ojos han hablado a mi corazón, y mi corazón ha dicho que sí. Tu ruego se ha cumplido aun antes de haberlo yo escuchado».

De inmediato, el mensajero obtuvo una carta del rey, por la cual debían serle facilitadas todas las flores del reino que necesitara. Y una escolta, acompañantes y sirvientes fueron con él, y se le agregaron coches y caballos. Y cuando, tras atravesar la montaña en el menor tiempo posible, regresó después de pocos días a la carretera llana de su provincia y entró en su pueblo, traía consigo coches, carros, canastos y acémilas, todos cargados con las flores más hermosas de los jardines y los invernáculos, de los que hay muchos en el norte. Había cantidades suficientes, no sólo para coronar los cuerpos de los difuntos y adornar sus tumbas profusamente, sino también para plantar en memoria de cada muerto una flor, una planta o un pequeño árbol frutal, según lo exige la costumbre. Así, el dolor por su amigo y por su caballo predilecto desapareció y pudo entregarse a una recordación serena y tranquila, después de haberlos adornado y dado sepultura, tras lo cual plantó sobre sus tumbas sendas flores, arbustos y árboles frutales.

Luego de haber satisfecho su corazón de esta manera y de haber cumplido con su deber, el recuerdo del viaje por aquella tiniebla empezó a removerse dentro de su alma. De modo que pidió a sus allegados que lo dejaran estar un día solo. Durante veinticuatro horas estuvo sentado bajo el árbol del pensamiento, y en su memoria se desplegó, limpia y llanamente, la representación de lo que había visto en la estrella ajena. Luego de lo cual fue un día a ver al patriarca y le contó todo.

El anciano lo escuchó, quedó sumido en sus pensamientos y preguntó luego: «¿Todo esto, amigo mío, lo viste con tus propios ojos o ha sido un sueño?».

«No lo sé», dijo el joven. «Pienso que puede haber sido un sueño. De todos modos, y lo digo con respeto, no me parece que la diferencia tenga alguna importancia, dado que el asunto está instalado en mi mente con toda realidad. Una sombra de pesadumbre ha quedado en mí, y en medio de la dicha de vivir, un viento frío que viene desde aquella estrella sopla en mi interior. Por eso, ¡oh venerable!, te pregunto qué debo hacer».

«Ve mañana», habló el anciano, «otra vez a la montaña hasta aquel sitio donde hallaste el templo. Me parece extraña la imagen de aquel dios, del que nunca oí hablar, y es posible que se trate de una deidad de otro astro. Puede ser también que aquel templo y su dios sean tan viejos que provengan de nuestros antepasados más remotos y de los tiempos pretéritos en los que pudieron haber reinado las armas, el miedo y la angustia ante la muerte. Ve a aquel templo, querido, y haz una ofrenda de flores, miel y canciones».

El joven agradeció y obedeció el consejo del anciano. Tomó una jícara llena de miel refinada, como la que se acostumbra ofrecer en los comienzos del estío a los huéspedes distinguidos en ocasión de la primera fiesta de las abejas, y consigo llevó también el laúd. En la montaña volvió a dar de nuevo con el sitio donde antes había arrancado una campanilla azul, y encontró el empinado sendero rocoso que llevaba, monte arriba, al bosque, y por donde, hacía poco tiempo, había andado a pie delante de su cabalgadura. Pero no pudo volver a hallar, tampoco al día siguiente, ni el emplazamiento del templo ni el templo mismo, la negra piedra de sacrificio, las columnas de madera, o el techo con el gran pájaro posado encima. Y nadie supo decirle nada de un templo semejante al que él describía.

De esta manera regresó a su tierra, y al pasar junto al santuario del Recuerdo Amoroso entró en él, ofrendó la miel, cantó una canción con su laúd y recomendó a la deidad del Recuerdo Amoroso su sueño, el templo y el pájaro, el pobre campesino y los muertos en el campo de batalla, y en especial, al rey en su tienda de guerra. Entonces volvió con el corazón aliviado a su morada, colgó en la pared de su alcoba la imagen de la unidad del mundo, descansó con sueño profundo de los sucesos de aquellos días y a la mañana siguiente comenzó a ayudar a sus vecinos, que, en campos y jardines, se afanaban, entre cánticos, por borrar los últimos rastros del terremoto.

EL CAMINO DIFÍCIL

Delante del desfiladero, junto a la oscura entrada rocosa, quedé vacilante y me volví mirando hacia atrás.

El sol brillaba sobre ese grato mundo verde y en los prados relucían tremolantes las pardas flores de la hierba. Allí se estaba bien, había calidez y placer amable, allí el alma vibraba en lo profundo, satisfecha como un velludo abejorro saturado de aroma y luz. Y quizá yo estaba loco por querer abandonarlo todo y disponerme a subir a la montaña.

El guía me tocó suavemente el brazo. Como uno que sale a la fuerza de un baño tibio, así desprendí mis ojos del querido paisaje. Entonces vi el desfiladero que yacía en una penumbra sin sol. Un arroyito negro se arrastraba al pie de la hendidura y en sus orillas la hierba crecía descolorida en pequeños racimos; y en su fondo se lavaban piedras de colores ya muertos, pálidas como los huesos de los seres que alguna vez estuvieron vivos.

«Descansemos un poco», dijo el guía.

Sonrió pacientemente y nos sentamos. Hacía fresco, y de la rocosa entrada venía una silenciosa corriente de aire sombrío, pétreo y frío.

¡Qué desagradable parecía iniciar ese camino! Desagradable resultaba atormentarse a través de ese lúgubre paso de piedra, cruzar ese arroyo frío, trepar en tinieblas por el desfiladero estrecho y escarpado.

«El camino parece detestable», dije titubeando.

Dentro de mí, como una lucecita moribunda, aleteaba la esperanza vehemente, increíble e insensata, de que quizá pudiéramos volver atrás, de que el guía se dejase persuadir y que finalmente se nos ahorrara todo esto. Y en realidad, ¿por qué no? ¿No era acaso mil veces más hermoso el lugar de donde veníamos? ¿No fluía la vida allí más rica, más cálida y estimable? ¿Y acaso no era yo un hombre, un ser ingenuo y efímero con derecho a un poquito de dicha, a un rinconcito de sol, a una vista llena de azul y de flores?

No, yo quería quedarme. No tenía ganas de hacerme el héroe o el mártir. Pasaría toda mi vida satisfecho si pudiera quedarme en el valle bajo el sol.

Entonces comencé a tiritar; en ese lugar era imposible permanecer mucho tiempo.

«Te estás helando», dijo el guía, «es mejor que nos vayamos».

Dicho esto se levantó, se estiró cuan largo era y me miró sonriente. Ni burla o compasión ni dureza o indulgencia existían en su sonrisa. En ella no había sino comprensión y sabiduría. Esta sonrisa decía: «Te conozco. Conozco tu miedo, sé lo que sientes y no he olvidado para nada tu fanfarronería de ayer y de anteayer. Cada desesperado brinco de liebre cobarde que ahora da tu alma y cada coqueteo con la amable luz del sol me son conocidos y familiares desde antes de que los pusieras en ejecución».

Con esa sonrisa me estuvo mirando el guía, y luego se adelantó dando el primer paso hacia el oscuro valle rocoso; y entonces lo odié y lo amé como un condenado ama y odia el hacha sobre su nuca. Pero más que otra cosa yo odiaba y despreciaba su saber, su dominio y frialdad, su carencia de debilidades gratas. Y odiaba en mí mismo todo aquello que le otorgaba la razón, incluso lo que admitía de él, lo que en mí quería seguirlo.

Ya había dado muchos pasos hacia delante, a través de las piedras del negro arroyo, y estaba a punto de desaparecer tras el primer recodo del barranco...

«¡Detente!», exclamé lleno de tal miedo que no tuve más remedio que pensar: si esto fuera un sueño, en este mismo instante mi espanto lo destruiría y yo volvería a despertarme. «Detente», volví a decir, «no puedo, no estoy preparado todavía».

El guía se detuvo y miró en silencio hacia mí, sin un reproche, pero con aquella tremenda comprensión, con aquella sapiencia, presentimiento y ese saber-de-antemano tan difíciles de soportar.

«¿Prefieres que volvamos?», preguntó entonces, y todavía no había terminado de decir la última palabra, cuando ya sabía yo, muy a pesar mío, que le diría que no, que debía negarme. Y al mismo tiempo, todo lo viejo, acostumbrado, amado y familiar gritaban desesperadamente dentro de mí: «¡Di que sí, di que sí!». Y mi patria y el mundo entero colgaban de mis pies como una bola.

Y yo quería decir que sí, aunque sabía bien que me sería imposible.

Entonces, con su mano extendida, el guía me señaló hacia el valle, atrás, y yo me volví nuevamente hacia la amada región. Y ahora vi lo más penoso que podía ocurrirme: mis queridos valles y llanuras yacían pálidos y desanimados bajo un sol sin fuerzas; los colores sonaban falsos y chillones, las sombras parecían llenas de negro hollín y sin encanto.Y a todo se le había extirpado el corazón, a todo le había sido sustraído el encanto y el aroma, todo tenía el olor y el sabor de las cosas de las que uno se ha indigestado hasta las náuseas. ¡Oh, qué bien conocía yo aquello, cómo temía y odiaba esa espantosa modalidad del guía de hacerme despreciar lo que me era querido y agradable, de hacer que se escaparan su savia y espíritu, de falsificar los aromas y de envenenar silenciosamente los colores! ¡Ah, ya conocía yo todo eso: lo que ayer fuera vino hoy se convertía en vinagre!Y nunca más el vinagre se convertiría en vino. Nunca más.

Callé y seguí al guía lúgubremente. Él tenía razón, como siempre.Y todo no resultaría tan malo si por lo menos permaneciera cerca de mí y visible, en vez de desaparecer de improviso –como a menudo hacía– cuando había que tomar una decisión, dejándome solo... solo con aquella voz extraña dentro de mi pecho en la que se había transformado.

Yo callaba, pero mi corazón gritó fervorosamente: «¡Quédate un instante, ya te sigo!».

Las piedras del arroyo eran desagradablemente resbaladizas; era agotador, daba vértigo andar así, paso a paso sobre una piedra estrecha y mojada que se achicaba y cedía bajo las suelas. Cerca de allí el sendero del arroyo empezaba a elevarse rápidamente, y las sombrías paredes del desfiladero convergían más, se extendías hoscas, y cada una de sus aristas mostraba la intención maligna de querer apretarnos con sus pinzas y cortarnos para siempre el camino de regreso. Sobre verrugosas peñas amarillas fluía espesa y viscosa una capa de agua. El cielo, la nube y el azul habían desaparecido sobre nosotros.

Marché y marché detrás del guía, y a menudo cerraba los ojos del miedo y la repugnancia que sentía. Una oscura flor al borde del camino se irguió entonces, aterciopeladamente negra y con una mirada melancólica. Era hermosa y me habló con familiaridad. Pero el guía caminaba deprisa y yo sentía que si llegaba a bajar la vista una sola vez hasta ese triste ojo de terciopelo, entonces mi aflicción y desesperada pesadumbre serían tan onerosas e insoportables, que mi espíritu permanecería siempre proscripto en esa sarcástica región del absurdo y de la demencia.

Mojado y sucio continué arrastrándome, y cuando las húmedas paredes se iban cerrando sobre nosotros, el guía comenzó a cantar su vieja canción de consuelo. Con voz juvenil, clara y firme cantaba al compás de sus pasos las palabras: «¡Quiero, quiero, quiero!». Yo sabía que él quería animarme, que deseaba ahuyentar de mí el ingrato esfuerzo y el desconsuelo de ese viaje infernal. También sabía que él esperaba que uniera mi voz a la suya. Pero yo no quería tal cosa, no quería concederle esa victoria. ¿Acaso tenía yo algún deseo de cantar? ¿Y no era yo un hombre, un pobre tipo que había sido arrastrado contra su voluntad hacia cosas y hechos que Dios no podía exigirle? ¿No podía permanecer cada clavel y cada nomeolvides junto al arroyo, allí donde estaba, y florecer y marchitarse según los dictados de su naturaleza?

«¡Quiero, quiero, quiero!», cantaba el guía sin cesar. ¡Oh, si hubiese podido regresar! Pero, con la ayuda asombrosa del guía, hacía tiempo que trepaba por los paredones y sobre los precipicios, para los que no existía ningún camino de vuelta. El llanto me ahogaba por dentro, pero no podía llorar, eso menos que nada. De manera que me uní con voz fuerte y porfiada al canto del guía, con su mismo compás y tono, pero yo no cantaba lo que él, sino esto: «¡Debo, debo, debo!». Sólo que no era fácil cantar mientras trepaba, y pronto perdí el aliento y jadeando me vi obligado a callar. Pero él prosiguió cantando incansablemente: «¡Quiero, quiero, quiero!», y con el tiempo llegó a obligarme a que cantara lo mismo que él. Ahora la subida empezó a mejorar, y sentí que ya no debía, sino que quería hacerlo. En cuanto a fatigarme por causa del canto, nada de eso sentía ya.

Entonces se hizo una mayor claridad en mi interior, y a medida que esa claridad aumentaba, retrocedió también la roca alisada; se hacía más seca, más benigna, ayudaba a menudo al pie inseguro, y sobre nosotros se fue mostrando más y más el claro cielo azul, ya como un arroyuelo azul entre las márgenes de piedra, ya como un pequeño lago azul que creciera ganando anchura.

Probé a querer con mayor fuerza y concentración, y el lago celestial siguió creciendo y el sendero se hizo más transitable. Y hasta podía correr un largo trecho ligero y grácil junto al guía. E inesperadamente vi la cercana cumbre sobre nosotros, empinada y resplandeciente entre el ardiente aire del sol.

Algo más abajo de la cima interrumpimos nuestra subida a gatas y salimos de la estrecha hendidura. El sol entró con fuerza en mis ojos enceguecidos, y al abrirlos de nuevo, las rodillas me temblaron de angustia, pues me veía aislado y sin apoyo en la empinada cresta mientras me rodeaba un espacio celeste sin límites y sólo se erguía delante de nosotros la angosta cima. Pero de nuevo había cielo y sol, y así asistidos escalamos, palmo a palmo, con los labios apretados y la frente contraída, la última cuesta angustiosa. Por fin estábamos arriba, sobre un estrecho peñasco candente, en medio de un aire duro, burlón y sutil.

Era una montaña singular, y singular también era su cima. En aquella cúspide, a la que trepáramos por interminables y desnudas paredes de piedra, había brotado de la piedra un árbol pequeño y compacto con algunas ramas breves y vigorosas. Allí estaba, inconcebiblemente solo y extraño, recio y tieso sobre la roca, el frío azul del cielo entre sus ramas. Y en lo más elevado del árbol se posaba un pájaro negro que cantaba una canción áspera.

Sueño silencioso de un descanso breve, bien arriba del mundo: el sol llameaba, la piedra ardía, el árbol miraba rígida y severamente, el pájaro cantaba con aspereza. Su áspera canción se llamaba: «¡Eternidad, eternidad!». El pájaro negro cantó, y sus ojos relucientes y duros nos miraron como si fueran un cristal negro. Difícil de soportar era esa mirada, difícil de soportar era su canto, y terrible, sobre todas las cosas, la soledad y el vacío de esos parajes, la extensión de los desiertos espacios celestes que producía vértigo. Morir allí era una delicia inimaginable; permanecer, un tormento sin nombre. Alguna cosa tenía que ocurrir, pronto, al instante. De otro modo, nosotros y el mundo quedaríamos petrificados por el horror. Sentí entonces el hálito opresor y ardiente de algo que iba a suceder, como las ráfagas de viento antes de la tempestad. Lo sentí revolotear sobre mi cuerpo y sobre mi alma como una fiebre ardiente. Amenazaba, se acercaba... ya estaba aquí.

...De pronto el pájaro se balanceó desde la rama y se precipitó al espacio.

Mi guía dio un salto y se arrojó al azul, cayó en el cielo palpitante, voló.

Ahora la ola del destino se hallaba en su apogeo, ahora arrebató mi corazón, ahora se deshizo sin ruido.

Y yo caía, me precipitaba, saltaba, volé; agarrotado en el frío torbellino del aire, me sentí feliz y estremecido por la tortura del deleite a través del infinito, hacia el seno materno.

UNA SUCESIÓN DE SUEÑOS

Me pareció que permanecía una cantidad de tiempo denso e inútil en el tibio salón, desde cuya ventana situada al norte miraba el falso lago con sus fiordos postizos, y donde nada me atraía y retenía excepto la presencia de la bella y sospechosa dama a quien tomé por una pecadora. Contemplar debidamente su rostro constituía mi anhelo insatisfecho. Aquel rostro estaba confusamente rodeado por un cabello suelto y oscuro, y sólo se componía de una dulce palidez, otra cosa no había. Acaso los ojos fueran de color castaño oscuro; íntimamente yo esperaba que fuera así. Pero entonces los ojos no se adecuaban al semblante que mi mirada deseaba leer en su imprecisa palidez, y cuya conformación descansaba en mí en estratos del recuerdo tan hondos como inalcanzables.

Algo sucedió por fin. Los dos jóvenes entraron. Saludaron a la dama con muy buenos modales y me fueron presentados. Petimetres, pensé, y me enojé conmigo mismo, porque la chaqueta color tabaco de uno de ellos con su coqueto talle y corte me avergonzaba y daba envidia. ¡Era un repugnante sentimiento de envidia contra esos impecables y desenvueltos seres sonrientes! «¡Domínate!», me dije en voz baja. Ambos jóvenes estrecharon con indiferencia la mano que les ofrecí —¿por qué lo había hecho?— y pusieron cara de burla.

Entonces noté que algo no estaba en orden en mi persona, y sentí dentro de mí molestos escalofríos. Bajé la vista y palidecí al ver que no llevaba zapatos, que sólo calzaba medias. ¡Otra vez, siempre esos impedimentos y contratiempos insulsos, lamentables, mezquinos! ¡A los demás nunca les ocurría aparecer desnudos o semidesnudos ante la gente irreprochable e inflexible! Apesadumbrado, traté de cubrir por lo menos el pie izquierdo con el derecho, cuando mi vista cayó sobre la ventana. Tras ella surgía la empinada orilla del lago que amenazaba azul y salvaje con sus lúgubres tonalidades falsas que querían ser demoníacas. Apenado y deseoso de ayuda miré a los recién llegados pleno de odio contra ellos y con mayor odio aún hacia mí mismo: nada era mío, nada me salía bien. ¿Por qué habría de sentirme responsable con respecto a ese lago tonto? Miré insistentemente a la cara al de la chaqueta color tabaco: sus mejillas resplandecían llenas de salud y de cuidados delicados; y yo sabía, sin embargo, que mi entrega era inútil, que él no habría de conmoverse.

Justo en ese momento reparaba él en mis pies cubiertos por las toscas medias verdinegras —¡ay, debía sentirme contento porque no estaban agujereadas!— y sonrió de manera odiosa. Tocó con el codo a su compañero y le señaló mis pies. El otro rió también lleno de burla.

«¡Pero vean ustedes el lago!», exclamé, indicando la ventana.

El de la chaqueta color tabaco se encogió de hombros, ni siquiera se dignó mirar hacia la ventana, y le dijo algo al otro que entendí sólo en parte, pero que estaba destinado a mí y se refería a tipos en medias que no debían ser tolerados en un salón como éste. La palabra *salón* volvió a tener una significación similar a la que tuvo en mis años de muchacho, con una resonancia algo bella y algo falsa de distinción y mundanidad.

A punto de llorar, me incliné hacia mis pies por si podía mejorar alguna cosa, y entonces comprendí que resbalando, resbalando, se me habían salido las holgadas zapatillas de casa; por lo menos había aparecido detrás de mí en el suelo una pantufla muy grande, mullida, de color punzó. Indeciso, casi lloriqueando, la tomé con la mano asiéndola del tacón. Se me resbaló, la atrapé antes de llegar al piso —ahora había aumentado de tamaño—, agarrándola esta vez por la punta.

Entonces, íntimamente liberado, percibí el profundo valor de la pantufla que oscilaba en mi mano por el peso del tacón. ¡Qué cosa magnífica, una zapatilla roja y blanda, tan suave y pesada! A manera de ensayo la blandí un poco en el aire; era algo delicioso y una sensación de placer me recorrió hasta la punta de los cabellos. Una cachiporra, una manguera de goma no eran nada comparados con mi gran zapato. Le puse entonces un nombre italiano: *calziglione*.

Cuando le asesté al de la chaqueta color tabaco un golpe juguetón con el *calziglione* en la cabeza, el irreprochable joven, tambaleándose, se desplomó en el diván. Y los demás, el cuarto y ese lago espantoso perdieron todo su dominio sobre mí. Yo era grande y fuerte, ya era libre, y luego de un segundo golpe en la cabeza al de la chaqueta color tabaco, ni lucha hubo. Ni siquiera una mezquina defensa frente a mis golpes, sino júbilo y el deliberado capricho del triunfador. Dejé también de odiar a mi enemigo vencido: ahora me resultaba interesante, valioso y querido, yo era su señor y creador. Pues cada golpe de mi zapato-porra italiano iba modelando esa cabeza inmadura de petimetre, la forjaba, la construía, la inventaba. Con cada golpe configurador se hacía más agradable, más bonita, más fina, se convertía en mi criatura, en mi obra, en algo que me apaciguaba y que amaba. Con un tierno golpe postrero de forjador le ubiqué el puntiagudo occipucio bastante adentro. Estaba listo. Me agradeció y acarició mi mano. «Ya está bien», señalé yo. Entonces cruzó las manos sobre su pecho y tímidamente dijo: «Me llamo Pablo».

Sentimientos maravillosos, llenos de poder y alegría dilataron mi pecho y dilataron asimismo el espacio ante mí. El aposento –nada de «salón» ahora– se retiró avergonzado y se escondió como algo nulo. Yo me encontraba junto al lago, y el lago era de un color azul oscuro; nubes aceradas oprimían las montañas sombrías; en los fiordos bullía espumosa un agua oscura; ráfagas de viento sur vagaban violenta y temerosamente en remolinos. Alcé la vista y extendí la mano señalando que la tormenta podía comenzar. Un relámpago estalló claro y frío desde la azulada dureza; un huracán caliente se precipitó con bramidos; en el cielo se disolvía un tumulto de formas grises en vetas marmóreas. Del lago azotado ascendían de manera aterradora enormes olas rotundas, de cuyos lomos la tormenta arrancaba cendales de espuma y partículas de agua que chasqueaban al ser arrojadas contra mi cara. Las negras montañas petrificadas abrían sus ojos llenos de espanto. Aquel acurrucarse las unas contra las otras y el silencio que de ellas surgía sonaban como una imploración.

En medio de la espléndida tormenta, entre su galopar sobre gigantescos corceles fantasmales, sonó cerca de mí una tímida voz. «¡Oh, yo no te había olvidado, pálida mujer de larga cabellera negra!» Me incliné hacia ella y habló de un modo infantil: «El lago se acerca, uno no puede quedarse». Miré conmovido a la dulce pecadora, su rostro no era más que una palidez callada entre un amplio crepúsculo de cabellos. El ruidoso oleaje golpeaba ya mis rodillas, ya mi pecho, y la pecadora se balanceaba indefensa y silenciosa en medio de las olas ascendentes. Me reí un poco, abracé sus rodillas, la levanté hasta mí. También eso parecía hermoso y redentor, la mujer era singularmente liviana y pequeña, llena de una tibieza reciente; ¡y sus ojos eran confiados y temerosos! Entonces comprendí que no era una pecadora, ni una dama lejana o turbia. Ningún pecado, ningún secreto: era simplemente una niña.

La saqué de entre las olas y la llevé, a través de las rocas, hasta un parque sombrío a causa de la lluvia, lleno de una tristeza regia, donde la tormenta no llegaba. Allí, desde las copas inclinadas de viejos árboles, se manifestaba una belleza pura y plena de suave humanidad: poemas y sinfonías, mundo de bellos presentimientos y goces gratamente moderados, amables árboles pintados por Corot y música de Schubert dulcemente idílica, para instrumentos de viento y madera, todo lo cual, con el fugaz y palpitante aliento de la nostalgia, me atraía dulcemente hacia su amado templo. Y aunque el mundo, vanamente o no, tiene muchas voces, para cada una de ellas guarda el alma sus horas, sus momentos.

Dios sabe cómo nos despedimos, cómo perdí de vista a la pecadora, a la mujer pálida, a la criatura. Había una escalinata de piedra, y un pórtico, y servidumbre, todo frágil y lechoso, como detrás de un vidrio empañado; y otras formas, más inconsistentes y borrosas todavía, como agitadas por el viento, y cierto matiz de censura y reproche contra mí despertó mi enojo hacia ese torbellino de sombras. Luego no quedó de él otra cosa que la figura de Pablo, mi amigo e hijo Pablo. Y en sus rasgos se mostraba y escondía un rostro que no podía nombrarse con un nombre y que era, sin embargo, archiconocido: el rostro de un compañero de colegio, un rostro de niñera prehistórico y legendario, nutrido de los buenos y sustanciosos recuerdos a medias del fabuloso año primero de vida.

Se abre entonces una oscuridad interior, la cálida cuna del alma, y se empieza a fijar la patria perdida, el tiempo de la existencia informe, la indeterminada efusión inicial del hontanar, bajo el cual duerme el pretérito de los ascendientes con los sueños de la selva virgen. ¡Tienta, pues, oh alma, yerra, revuelve ciegamente en las termas saciadas de los inocentes instintos aurorales! Te conozco, ala medrosa, nada es más urgente para ti, ninguna cosa es más alimento, bebida y sueño para ti, que el regreso a tus comienzos. Las olas murmuran a tu alrededor y entonces tú eres ola; murmura el bosque y tú eres bosque; ya no hay más un afuera y un adentro. Vuelas, eres un pájaro en el aire; nadas, eres un pez en el mar; absorbes la luz y eres luz; saboreas la oscuridad y eres oscuridad. Caminamos, alma, nadamos y volamos y sonreímos y volvemos a anudar con delicados dedos del espíritu los hilos rotos; y dichosamente resuenan las destruidas vibraciones. Ya no buscamos más a Dios. Somos Dios. Somos el mundo. Matamos y morimos juntamente, creamos y resucitamos con nuestros sueños. Nuestro sueño más hermoso es el cielo azul; nuestro sueño más hermoso es el mar; nuestro sueño más hermoso es la noche iluminada por estrellas; y es el pez, y es el sonido claro y alegre, y es la luz clara y alegre: todos son nuestros sueños, cada uno de ellos es nuestro sueño más hermoso. Acabamos de morirnos para convertirnos en tierra. Acabamos de inventar la risa. Acabamos de poner en orden una constelación.

Suenan voces, y cada una de ellas es la voz de la madre. Susurran los árboles, y cada uno de ellos ha susurrado sobre nuestra cuna. Las calles se abren como estrellas, y cada calle es el retorno a casa.

El llamado Pablo, mi creación y mi amigo, estaba otra vez aquí y tenía mi misma edad. Se parecía a un amigo mío de juventud, pero yo no sabía a cuál, y por eso me sentía algo inseguro frente a él y le demostraba cierta cortesía. De donde sacó una ventaja apreciable. El mundo dejó de pertenecerme, le obedecía a él; debido a esto, todo lo anterior se había desvanecido y hundido en una inverosimilitud humillante, avergonzado de él, que gobernaba ahora.

Estábamos en una plaza, el lugar se llamaba París. Ante mí se alzaba un poste altísimo de hierro que era una escalera, pues tenía a ambos lados angostos escalones de hierro, a los que uno podía asirse con las manos y que asimismo servían para subir con los pies. De acuerdo con los deseos de Pablo, trepé junto a él por semejante escalera. Cuando estuvimos tan arriba como el tejado de una casa o un árbol muy alto, comencé a sentir temor. Miré hacia Pablo que no sentía ningún temor, pero que al adivinar el mío se sonrió.

Durante un momento, mientras tomaba aliento en tanto sonreía, estuve a punto de reconocer su rostro y recordar su nombre. Una rendija del pasado se abrió y ensanchó hasta la época de la escuela, hasta el tiempo en que yo tenía doce años, la edad más espléndida de la vida, cuando todo estaba lleno de aroma y era genial, cuando todo estaba dorado con un aroma apetitoso de pan fresco y una vislumbre embriagadora de heroísmo y aventura —doce años contaba Jesús cuando confundió a los doctores en el templo—: con doce años habíamos apabullado a nuestros sabios y maestros, éramos más inteligentes que ellos, más geniales, más valientes. Reminiscencias e imágenes me asaltaron en tumulto: cuadernos escolares olvidados, penitencias a la hora de comer, un pájaro muerto con una honda, el bolsillo de un abrigo pegajoso lleno de ciruelas robadas, un salvaje chapotear de muchachos en la piscina, pantalones de domingo rotos e íntimos remordimientos de conciencia, una ferviente oración al atardecer ante preocupaciones terrenales, sentimientos de un maravilloso heroísmo sugeridos por un verso de Schiller...

Fue solamente durante una fracción de segundo, como un relámpago, una serie ansiosamente arrebatada de imágenes sin centro; al momento el rostro de Pablo volvía a contemplarse, inquietante, conocido a medias. Ya no estaba yo seguro de mi edad, era posible que ambos fuéramos todavía muchachos. Abajo, muy debajo de nuestros delgados escalones, yacía esa aglomeración de calles que lleva el nombre de París. Cuando estuvimos más alto que cualquier torre, nuestras barras de hierro se acabaron y apareció, coronada por una tabla horizontal, una plataforma diminuta. Parecía imposible encaramarse a ella. Pero Pablo lo hizo con desenvoltura y yo no pude menos que hacerlo.

Ya encima, me acosté sobre la tabla y miré hacia abajo desde el borde, como desde una elevada nubecita. Mi mirada cayó como una piedra en el vacío y no dio en ningún blanco. De pronto, mi camarada hizo un gesto indicador, y yo quedé suspendido de un espectáculo prodigioso que flotaba en medio de los aires. Sobre una calle ancha, a la altura de los tejados más altos, pero infinitamente más abajo que nosotros, vi una sociedad extraña y aérea: parecían ser equilibristas, y precisamente una de las figuras corría sobre una cuerda o una barra. Luego descubrí que eran muchos y casi exclusivamente jovencitas, y me parecieron ser gitanos o gente vagabunda. Iban y venían, se acostaban o sentaban, se agitaban a la altura de los tejados sobre un tablado aéreo de listones muy angostos y un varillaje parecido a una enramada. Habitaban allí y eran nativos de aquella región. Debajo de ellos podía entreverse la calle, y desde el fondo hasta la proximidad de sus pies llegaba una niebla sutil y flotante.

Pablo dijo algo al respecto. «Sí», respondí yo, «es conmovedor, todas esas muchachas...»

Cierto, yo estaba mucho más arriba que ellas, pero me adhería temerosamente a mi puesto, mientras ellas flotaban ligeras y sin recelo. Entonces comprendí que estaba demasiado alto, en una posición falsa. Ellas sí que estaban a la altura debida, no al nivel del piso, pero tampoco tan endemoniadamente arriba y lejanas como yo; no entre la gente y tampoco tan aisladas. Además, eran muchas. Supe entonces que ellas representaban una felicidad que yo no había alcanzado aún.

Pero yo sabía que en cualquier momento tendría que volver a bajar por mi descomunal escalera, y la sola idea de hacerlo era tan angustiosa que sentí náuseas; no podía aguantar un momento más allí arriba. Con desesperación y temblando de vértigo, tanteé con los pies en busca de los escalones —no podía verlos desde la plataforma— y quedé suspendido, convulsivamente asido durante unos minutos espantosos, en aquella altura dañina. Nadie me socorría. Pablo ya se había ido.

Con profunda angustia daba peligrosos puntapiés y manotones, hasta que una sensación me envolvió como si fuese niebla, la sensación de que no eran la alta escalera ni el vértigo lo que yo tenía que sufrir y las cosas por las que debía pasar. Y de inmediato se desvanecieron también la visibilidad y hasta el parecido de las cosas; todo era nebuloso e impreciso. Ya me veía colgando de los escalones y sentía vértigo, ya me arrastraba, pequeño y angustiado, entre galerías de minas y corredores subterráneos terriblemente angostos, ya chapoteaba con desesperación en medio de lodazales y estiércol y sentía elevarse hasta mi boca un cieno inmundo. Oscuridad y paralización lo cubrían todo. Misiones formidables, con un sentido serio pero todavía oculto. Angustia y sudores, mutilación y escalofríos. Un dificultoso morir, un dificultoso renacer.

¡Cuántas noches hay en torno nuestro! ¡Cuántos caminos de tortura, angustiosos y duros, recorremos! En las profundidades del pozo camina nuestra alma cegada, pobre héroe eterno, pobre Odiseo. Pero seguimos caminando, nos agachamos y pasamos un vado, nadamos ahogándonos en el fango, trepamos arrastrándonos por malignos paredones lisos. Lloramos y nos desanimamos, gemimos atemorizados y aullamos con llanto doloroso. Pero seguimos adelante, caminamos y padecemos, caminamos y nos abrimos paso a mordiscos.

De nuevo surgieron, de la turbia humareda infernal, los símbolos; allí estaba otra vez un breve trozo del sendero sombrío, iluminado por la luz confirmadora de los recuerdos. Y el alma brotó desde lo primitivo para afincarse en la región nativa del tiempo.

¿Dónde estaba aquello? Objetos conocidos me contemplaron; respiré un aire que volví a reconocer. Una habitación casi en penumbras, una lámpara de petróleo sobre la mesa, algo semejante a un piano. Mi hermana estaba allí, y mi cuñado, tal vez de visita en casa o yo en la de ellos. Estaban silenciosos y muy preocupados, llenos de preocupación por mí. Y yo estaba de pie en el cuarto grande y triste, iba de un lado para el otro, envuelto en una nube de tristeza, dentro de una corriente de tristeza amarga, sofocante. Y entonces comencé a buscar cualquier cosa, nada importante, un libro o unas tijeras o algo parecido, y era incapaz de encontrarlo. Así tomé la lámpara, era pesada y yo estaba terriblemente cansado, pronto volví a dejarla y a continuación la volví a tomar, y quería buscar, buscar, aunque sabía que era en vano. No iba a encontrar nada, sólo embrollaría más las cosas, la lámpara se me caería de las manos –era tan pesada, tan penosamente pesada– y yo seguiría buscando a tientas y errando a través de la habitación durante toda mi pobre vida.

Mi cuñado me miró, y en su mirada había temor y algo de censura. «Advierten que me estoy volviendo loco», pensé rápidamente, y volví a tomar la lámpara. Mi hermana se me acercó, muda, con ojos implorantes, tan llena de angustia y amor que el corazón se me quería romper. No podía decir nada, solamente tender la mano, hacer señas, señas de rechazo. Y yo quería decir: «¡Dejadme ya, dejadme ya! ¡Vosotros no lo podéis saber que me pasa, cuánto sufro, qué terriblemente sufro!». Y otra vez: «¡Dejadme ya, dejadme ya!».

La rojiza luz de la lámpara se esparcía débilmente por el espacioso cuarto, afuera los árboles gemían con el viento. Por un instante creí ver y palpar en la más honda intimidad la noche que estaba ahí afuera: ¡viento y humedad, otoño, amargo olor de la hojarasca, arremolinadas hojas de los olmos, otoño, otoño! Y por otro momento dejé de ser yo mismo, y me vi como una efigie: yo era un músico pálido, enjuto, de ojos llameantes, llamado Hugo Wolf, y aquella noche me encontraba al borde de la locura.

Entretanto, debía continuar buscando, debía buscar sin esperanzas, y tenía que alzar la pesada lámpara y colocarla sobre la mesa redonda, sobre el sillón, sobre una pila de libros. Y debía defenderme con gestos suplicantes cuando mi hermana volvía a contemplarme triste y delicadamente, cuando quería consolarme o aproximarse con propósito de ayuda. La pena crecía dentro de mí y me llenaba casi hasta estallar; las imágenes que me rodeaban eran de una claridad y una elocuencia conmovedora, mucho más claras que cualquier realidad común; un par de flores otoñales en el florero, entre ellas una dalia de un rojo pardo oscuro, ardían en una soledad tan hermosa y sonriente...Y cada objeto, aun el brillante pie de latón de la lámpara, era tan mágicamente bello y penetrado por un halo de soledad tan fatal como en los cuadros de los grandes pintores.

Percibí con nitidez mi destino. Una sombra más en aquella tristeza, una mirada más de mi hermana, otra mirada más de las flores, de esas flores hermosas llenas de alma... y luego aquello se desvaneció y me sumergí en el desvarío. «¡Dejadme! ¡Vosotros no sabéis nada!» Sobre la cubierta bruñida del piano caía un rayo de la lámpara reflejado en la oscura madera, con arrobadora belleza, misteriosamente impregnado de melancolía.

Ahora se volvió a levantar mi hermana, se dirigió al piano. Yo quise suplicar, quise defenderme cordialmente, pero no pude. Desde mi total soledad no podía emanar ningún poder que llegara hasta ella. ¡Oh, yo sabía lo que ahora ocurriría! Yo conocía la melodía que ahora debía ponerse en palabras y que debía decirlo todo y destruirlo todo. Una tensión formidable me oprimía el corazón, y mientras las primeras gotas abrasadoras saltaban de mis ojos, caí de bruces sobre la mesa y escuché y sentí con todos mis sentidos —y con nuevos sentidos agregados— texto y música simultáneamente, la siguiente estrofa de la melodía de Hugo Wolf:

>¿Qué sabéis, vosotras, oscuras cimas,
>de los bellos viejos tiempos?
>Detrás de las cumbres la patria
>¡qué lejos está, qué lejos!

Con esto, el mundo se deslizó ante mí y dentro de mí, hundido en lágrimas y sonidos. ¡Cómo decir qué difusa y torrencialmente, qué benéfica y dolorosamente! ¡Oh, llanto, dulce derrumbamiento, venturosa fusión! Todos los libros del mundo, llenos de pensamiento y poesía, nada son ante un minuto de sollozos, cuando el sentimiento se agita en torrentes, y el alma se siente y se encuentra profundamente a sí misma. Las lágrimas son hielo del alma derretido; todos los ángeles están próximos al que llora.

Lloré copiosamente, olvidado de todas las causas y razones, mientras caía desde lo alto de una tensión insoportable en el suave crepúsculo de los sentimientos cotidianos, sin pensamientos, sin testigos. En el medio, entre imágenes que revoloteaban, un ataúd. En él yacía una persona muy querida, muy importante para mí, pero yo no sabía quién era. Quizá tú mismo, pensé, cuando, desde una remota y tierna lejanía, se me ocurrió otra imagen. ¿No había visto yo una vez, años atrás o en una vida anterior, cierta imagen maravillosa: un grupo de jovencitas morando arriba en los aires, nebuloso e ingrávido, hermoso y feliz, cerniéndose con la levedad del aire y pleno como música de cuerdas?

Los años cayeron deprisa, y el mundo se había transformado. Afligido, caminaba yo hacia una casita. Lo hacía muy a disgusto, pues una sensación de temor en la boca me tenía como cautivo; medrosamente tanteé con la lengua un diente flojo, y al tocarlo de costado se me cayó. ¡Y también el de al lado! Había por allí un médico muy joven al que me quejé, mientras implorante le señalaba el diente que sostenía entre mis dedos. Se rió despreocupadamente, dijo que no con inexorables gestos profesionales y luego sacudió la juvenil cabeza: la cosa no era nada, no tenía importancia, todos los días ocurría algo así. «¡Dios santo!», pensé. Pero él prosiguió y señaló mi rodilla izquierda: «Allí está el asunto, con eso no se puede jugar». Con tremenda rapidez toqué la rodilla izquierda... ¡allí estaba! Allí tenía un agujero en el que me cabía el dedo, y en vez de piel y carne no palpaba más que una masa insensible, blanda y fofa, ligera y fibrosa, como el tejido marchito de una planta. ¡Oh Dios mío, aquello era el principio del fin, aquello era la putrefacción y la muerte! «¿No hay nada que se pueda hacer?», pregunté con amabilidad forzada. «Nada ya», dijo el joven médico y se marchó.

Me dirigí hacia la casita, extenuado, pero no tan desesperado como hubiera debido estar. Casi estaba indiferente. Ahora era necesario llegar hasta la casita, donde mi madre me aguardaba. ¿No había escuchado su voz, acaso no había visto su semblante? Unos peldaños llevaban arriba, peldaños disparatados, altos y lisos, sin baranda, cada uno de ellos una montaña, un picacho, un ventisquero. Seguro que se me había hecho demasiado tarde ya... ¿Se habría ella marchado, acaso estaba muerta? ¿No terminaba de oír cómo llamaba de nuevo? Calladamente luché con los empinados escalones-montañas, cayéndome, y magullado, furioso y sollozando, me apreté contra el suelo apoyándome en mis maltrechos brazos y rodillas. Y me hallé arriba, junto al portal, y los peldaños volvían a ser pequeños, bonitos y adornados con boj. Cada paso se me hacía pegajoso y difícil como si pisara fango y cola de carpintero. No lograba avanzar, la puerta estaba abierta, y adentro andaba mi madre con un vestido gris, un cesto al brazo, en silencio y pensativa. ¡Oh, su cabello oscuro, apenas encanecido, bajo la redecilla! ¡Y su andar, su figura tan menuda! ¡Y su vestido, ese vestido gris! ¿Es que en todos aquellos muchos, muchos años, había perdido totalmente su imagen, es que nunca había pensado en ella debidamente? ¡Pero allí estaba, de pie, caminando, y mirada de atrás, tal como había sido, enteramente clara y hermosa, puro amor, puro pensamiento amoroso! Furioso, mi paso de paralítico intentó vadear la atmósfera pegajosa; zarcillos de plantas trepadoras se me enroscaban más y más como cuerdas delgadas y fuertes, por todas partes obstáculos hostiles, ningún adelanto. «¡Madre!», grité... Pero no se escuchó voz alguna... No se escuchó nada. Entre ella y yo se interponía un vidrio.

Mi madre se alejó lentamente, sin mirar atrás, en silencio, ensimismada en pensamientos bellos y cuidadosos, en tanto desprendía con esa mano que me era tan conocida una hebra invisible del vestido. Luego se inclinó sobre el cestito buscando sus enseres de costura. ¡Oh el cestito! En él me había escondido en una oportunidad huevos de Pascua. Grité desesperado y sin voz. Eché a correr ¡y no me movía del sitio! Ternura y furor tiraban violentamente de mí.

Ella continuó andando despacio, atravesó el pabellón del jardín, se detuvo en la puerta abierta del otro lado, y salió al aire libre. Luego inclinó la cabeza suavemente hacia un costado, como si estuviera escuchando el curso de sus pensamientos, alzaba y bajaba el cestito... Entonces me vino a la memoria un papel que había encontrado una vez, siendo muchacho, en aquel cestito. Allí había escrito ella con su letra ligera lo que tenía que hacer y recordar ese día; pantalones de Hermann deshilachados; poner en remojo la ropa; pedir prestado libro de Dickens; Hermann no ha rezado ayer. ¡Torrentes del recuerdo, cargas del amor!

Inmovilizado, atado de pies y manos, quedé junto a la puerta de entrada; por el lado opuesto, la mujer vestida de gris cruzó lentamente el jardín y desapareció.

FALDUM
La feria

La carretera que llevaba a la ciudad de Faldum a lo largo del montañoso país, atravesaba bosques, trigales, prados verdes y extensos. Y cuanto más se acercaba a la ciudad, tanto más frecuentes eran las granjas, huertos y casas de campo a lo largo del camino. El mar se hallaba a gran distancia –no se lo veía– y el mundo no parecía consistir sino en colinas, valles pequeños y hermosos, praderas, bosques, labrantíos y huertos frutales. Era un país que no sufría carencia alguna de frutas y madera, leche y carne, manzanas y nueces. Las aldeas eran muy bonitas y limpias, y las gentes en general honradas y laboriosas, nada amigas de empresas arriesgadas o inquietantes. Y cada cual estaba contento de que al vecino no le fuera peor que a uno mismo. Tal era la naturaleza del país de Faldum, y de un modo similar lo es la de la mayoría de los países del mundo, en tanto no ocurran cosas extraordinarias.

La bonita carretera que conducía a la ciudad (se la llamaba Faldum, igual que el país), aquella mañana, desde el primer canto del gallo, estaba tan vivamente animada y concurrida como sólo podía vérsela una vez al año. Pues ese día se celebraba la gran feria de la ciudad, y en veinte millas a la redonda no había campesino o campesina, maestro, oficial o aprendiz, peón o criada, muchacho o muchacha que no hubiera estado pensando durante semanas en la gran feria, soñando con visitarla. Por supuesto, no todos podían ir: también había que cuidar el ganado, los niños pequeños, los ancianos y enfermos. Y aquel a quien le había tocado quedarse a vigilar la casa y el corral creía haber perdido casi un año de su existencia, y hasta le dolía ese hermoso sol que desde muy temprano se mostraba cálido y festivo en el cielo azul de fines del verano.

Las mujeres y las sirvientas venían con sus canastitos al brazo, y los jóvenes de mejillas afeitadas, con sendos claveles o amelos en el ojal, todos bien endomingados; y también venían las colegialas con sus cabellos brillantes, todavía húmedos y opulentos, cuidadosamente trenzados. Los conductores de coches llevaban una flor o una cintita roja anudada al mango del látigo, y el que podía permitírselo engalanaba sus corceles con grandes jaeces de cuero hasta las corvas, de los que pendían relucientes discos de latón. Marchaban también carromatos, sobre los cuales se había armado un toldo verde con ramas de hayas arqueadas, y debajo se sentaba muy apretada la gente con canastos o niños en el regazo; la mayoría cantaba a coro en voz bien alta. Entre aquellos vehículos circulaba a ratos un coche, adornado con banderas y flores de papel rojas, azules y blancas entre el verde follaje de hayas, del que provenía una música aldeana estridente, y en medio de las ramas se veían en la penumbra las doradas trompas y trompetas que relucían suave y deliciosamente. Chiquillos que desde el amanecer habían estado jugando y corriendo empezaron a lloriquear, y eran consolados por sus madres sudorosas:

alguno encontraba refugio al lado de un cochero bondadoso. Una anciana empujaba un cochecito con dos mellizas que iban durmiendo; y entre las dormidas cabecitas infantiles, sobre la almohada, no menos redondas y rubicundas, yacían dos muñecas bien peinadas y primorosamente vestidas.

Aquellos que tenían su morada junto a la carretera y no estaban ese día camino a la feria, disfrutaban de una mañana entretenida y podían distraer sus ojos sin cesar. Pero de esos había pocos. Sentado en una escalera de jardinero, un niño de diez años lloraba, ese día tendría que quedarse en casa con la abuela. Pero tras haber comido y llorado bastante, al ver pasar corriendo a un par de chicos de la aldea, pegó de improviso un salto y se unió a ellos. No lejos de ese sitio vivía un viejo solterón que no quería saber nada de la feria, porque sentía gastar su dinero en esas cosas. Se había propuesto, mientras todo el mundo estaba de fiesta, recortar, sin que nadie lo viera, el crecido seto de espino blanco de su jardín, pues buena falta le hacía; y en efecto, apenas se disipó un poco el rocío mañanero, puso animosamente manos a la obra con las grandes tijeras de podar. Pero poco antes de una hora tuvo que dejar el trabajo y se metió, irritado, en su casa, pues no había jovencito que pasase a pie o en coche por allí, que no contemplase asombrado al podador y le hiciera luego alguna broma respecto a su laboriosidad intempestiva, lo que hacía reír a las muchachas. Y como se enfureciese y los amenazara con sus largas tijeras de podar, entonces todo el mundo se quitaba el sombrero, lo agitaba y hacía ostentosos saludos con risas y ademanes burlones. Así acabó por sentarse adentro tras los postigos cerrados, pero desde allí dirigía miradas envidiosas a través de las rendijas; y cuando con el tiempo se le fue calmando la furia y vio pasar deprisa o corriendo a los contados y últimos concurrentes a la feria, como si estuvieran por perder el alma, se puso los zapatos, echó un escudo en la bolsa, empuñó el bastón y se dispuso a salir. Pero de pronto se le ocurrió que un escudo era mucho dinero. Lo sacó, lo sustituyó por medio escudo y volvió a atar la bolsa de cuero. Acto seguido la metió en el bolsillo, cerró la puerta de la casa y del jardín, y salió corriendo tan apresuradamente que antes de llegar a la ciudad se adelantó a varios peatones e incluso a dos carruajes.

Ya estaba lejos; su casa y su jardín habían quedado vacíos, y el polvo de la carretera ya comenzaba a posarse. El trote de los caballos y la música de los instrumentos de viento se habían extinguido y perdido. Los gorriones venían desde las rastrojeras, se bañaban en el blanco polvo y observaban lo que había quedado de tumulto. La carretera se extendía despoblada, muerta y caliente, y desde muy lejos, débil y extraviado, llegaba de vez en cuando algún grito de alegría, y algún tono como de música marcial.

En eso, salió del bosque un hombre con un sombrero de ala ancha calado hasta los ojos, caminando solo y sin prisa alguna por la desierta carretera. Era muy corpulento y tenía el paso firme y sosegado de los viajeros que han andado mucho. Vestía de gris y modestamente; desde la sombra proyectada por el sombrero sus ojos miraban con el cuidado y la calma propios de un hombre que no pretende nada más del mundo, pero que contempla con atención cada cosa y no pasa por alto ninguna. Lo observaba todo: los incontables y confundidos rastros de los carruajes; las huellas de la herradura de cierto caballo cuya pata trasera izquierda se venía arrastrando; la lejana ciudad de Faldum, pequeña aún, envuelta en un vaho polvoriento, que se elevaba sobre una colina con sus tejados brillantes; a una viejecita que, llena de miedo y en dificultades, andaba desconcertada por un jardín llamando a alguien que no contestaba. En uno de los bordes del camino vio también el destello de un pequeño objeto de metal: se agachó y recogió un brillante disco de latón que seguramente se le había caído de la collera a algún caballo y se lo puso como una especie de insignia. Y luego vio junto a la carretera un viejo seto de espino blanco, recientemente podado a lo largo de unos pocos metros. Al principio el trabajo parecía haber sido realizado con precisión, prolijidad y gusto, pero luego, a cada medio metro, la cosa empeoraba, pues aquí se había dado un corte demasiado profundo, allí sobresalían olvidadas algunas ramas hirsutas y espinosas. Más adelante encontró el forastero una muñeca tirada en la carretera, sobre cuya cabeza debió haber pasado la rueda de un coche, y un trozo de pan de centeno que brillaba todavía a causa de la mantequilla derretida untada sobre él; y por último halló una bolsa de recio cuero, dentro de la que había una moneda de medio escudo. Recostó la muñeca a la orilla del camino contra un guardacantón; desmigajó el pan y lo repartió entre los gorriones; y metió en su bolsillo la bolsa con el medio escudo.

Todo estaba indeciblemente calmo en la carretera abandonada. El césped de las orillas aparecía cubierto de una espesa capa de polvo y agostado a causa del sol. Cerca de allí, en el corral de una granja, las gallinas —no se veía un alma— cacareaban y tartamudeaban soñolientas por el calor del sol. En un azulado huerto de coles, una vieja encorvada arrancaba yuyos del suelo reseco. El caminante le preguntó cuánto faltaba todavía para llegar a la ciudad. Pero era sorda, y aunque él luego le habló más fuerte, ella sólo pudo mirarlo con cara de súplica y sacudió la cabeza canosa.

Mientras seguía adelante, comenzó a oír la lejana música de la ciudad, que por momentos se percibía y por momentos no; a medida que se aproximaba, los sonidos se hacían más frecuentes y prolongados. Por último se escuchó la música y una confusión de voces ininterrumpidamente —parecía una cascada remota— como si todo el gentío allí reunido estuviera en plena diversión. Un arroyo corría ahora junto a la carretera, ancho y tranquilo, en el que nadaban patos, mientras bajo el espejo azul crecían las algas verdeoscuras. En aquel punto la carretera empezaba a subir, el arroyo hacía una curva y un puente de piedra lo cruzaba. Sobre el angosto pretil del puente estaba sentado un hombre —una flaca silueta de sastre— durmiendo con la cabeza agachada. El sombrero se le había caído en el polvo y junto a él, como vigilando, había un gracioso perrito. El forastero intentó despertar al que dormía, pues corría peligro de caerse del puente. No obstante, miró primero abajo y vio que la altura era escasa y las aguas poco profundas; dejó entonces que el sastre continuase durmiendo en su asiento.

Y ahora, tras una pequeña subida empinada, la puerta de la ciudad de Faldum, que se ofrecía abierta de par en par, sin ninguna persona a la vista. El hombre la traspuso, y sus pasos retumbaron de pronto con fuerza en una calle empedrada, donde a lo largo de las casas, a ambos lados de la calzada, había una hilera de carros y calesas vacíos y desenganchados. Desde otras calles venían ruidos y un sordo rodar de coches, pero allí no podía verse a nadie. La callejuela yacía en plena sombra y sólo las ventanas superiores de las casas reflejaban la dorada luz del día. Allí se detuvo el caminante a descansar un poco, sentándose en la lanza de un carromato. Al continuar la marcha, dejó sobre el pescante el disco de latón que había encontrado un rato antes.

Apenas había terminado de recorrer otra calle, cuando se vio rodeado por los ruidos y alborotos de la feria. En cien barracas, vendedores gritones pregonaban sus mercaderías; los niños soplaban en plateadas trompetas; los carniceros sacaban ristras enteras de frescas y húmedas salchichas de las enormes calderas hirvientes; un charlatán, de pie sobre una tribuna elevada, miraba con vehemencia a través de unos gruesos anteojos de cuerno y señalaba hacia una pizarra donde constaban todas las enfermedades y achaques del género humano. Cerca del caminante pasó un hombre de largos cabellos negros, que llevaba un camello de una cuerda. El animal miró orgullosamente desde su largo pescuezo a la multitud abajo, rumiando en todas direcciones con sus labios hendidos.

· El hombre del bosque lo contemplaba todo con atención. Se dejaba apretujar y empujar por el gentío; miraba en la barraca de un hombre que ofrecía pliegos de aleluyas; y más allá leía los proverbios y marbetes es-

91

tampados en los alfajores azucarados. Pero no se detenía en sitio alguno, y parecía como si no encontrara lo que estaba buscando. Así fue avanzando lentamente hasta llegar a la gran plaza principal, en una esquina en la cual anidaba un vendedor de pájaros. Se quedó allí un rato escuchando las voces que provenían de las muchas jaulitas, y contestó con suave silbido al pardillo y a la codorniz, al canario y a la curruca.

De pronto advirtió cerca de sí algo que centelleaba tan clara y cegadoramente, como si toda la luz del sol se hubiera concentrado en un solo sitio. Habiéndose aproximado más, vio que se trataba de un gran espejo que colgaba en un puesto de la feria, y junto al cual pendían otros muchos, decenas, un centenar o más: grandes y pequeños, cuadrados, redondos y ovales, espejos de pared y para ser montados, espejos de mano, y asimismo espejitos finos de bolsillo, de los que uno puede llevar consigo para no olvidar la propia cara. El vendedor, con un centelleante espejo de mano en alto, recogía la luz del sol y hacía luego bailar reflejos fulgurantes sobre su barraca, en tanto que gritaba incansablemente: «¡Espejos, caballeros, aquí se venden espejos! ¡Los mejores espejos, los espejos más baratos de Faldum! ¡Espejos, señoras, magníficos espejos! ¡Fíjense ustedes bien: todo auténtico, todo del mejor cristal!».

El forastero se estacionó junto al puesto de los espejos, como alguien que ha encontrado lo que buscaba. Entre la gente que contemplaba los espejos, había tres muchachas oriundas del país; él se puso a su lado y las miró atentamente. Eran jóvenes campesinas frescas y sanas, ni lindas ni feas. Calzaban zapatos de suela fuerte y medias blancas; tenían trenzas rubias, algo descoloridas por el sol, y animados ojos jóvenes. Las tres sostenían sendos espejos en la mano, aunque no de los grandes y caros; y mientras dudaban en comprarlos y gustaban el dulce tormento de la elección, dirigían de tanto en tanto perdidas y soñadoras miradas sobre la pulida profundidad de los espejos y contemplaban su propia efigie, boca y ojos, el pequeño adorno colgado al cuello, el par de pecas de la nariz, la lisa raya del pelo, la oreja sonrosada. Todo lo cual fue llevándolas al silencio y a poner una cara seria, de modo que el forastero, que estaba detrás de las jóvenes, veía cómo sus rostros miraban desde los espejos con ojos muy abiertos y casi solemnemente.

«¡Ay!», oyó que decía la primera, «¡quisiera que mi pelo fuese todo rubio como el oro y tan largo que me llegara a las rodillas!».

La segunda muchacha, tras oír el deseo de su amiga, suspiró quedamente y miró de manera entrañable a su espejo, y confesando con rubor también lo que su corazón soñaba, dijo tímidamente: «A mí, si me fuera permitido desear, me gustaría tener las manos más hermosas del mundo, enteramente blancas y tersas con dedos largos y delgados y uñas rosadas». Al mismo tiempo miraba su mano, que sostenía un espejo oval. La mano no era fea, pero sí un poco ancha y corta y se había puesto tosca y dura a causa del trabajo.

La tercera, que era la menor y la más alegre de las tres, se rió de todo ello y dijo divertida: «No está mal ese deseo, pero las manos no son tan importantes. A mí lo que más me gustaría es convertirme a partir de hoy en la mejor y más ágil bailarina de todo Faldum».

Pero en ese momento la muchacha se asustó y se volvió, porque desde el espejo y tras su propio rostro la miraba un desconocido de ojos negros y brillantes. Era el forastero, que se había situado detrás de ella, y en el que ninguna de las tres había reparado hasta entonces. Lo miraron asombradas cuando él saludó con una inclinación de cabeza y exclamó: «Por cierto que habéis manifestado tres hermosos deseos, señoritas. ¿Los habéis pedido verdaderamente en serio?».

La menor había colocado a un lado el espejo y escondido las manos tras la espalda. Tenía ganas de hacer pagar al hombre el pequeño susto que le había dado, y pensó contestarle con una palabra cortante. Pero al mirar su rostro, le vio tanto poder en la mirada, que se quedó sin saber qué hacer. «¿Qué puede importaros lo que deseo para mí?», dijo simplemente y se ruborizó.

Pero la otra, la que había deseado para sí unas manos finas, cobró confianza hacia aquel hombrón, de cuya naturaleza emanaba algo paternal y digno. «Por cierto que sí», dijo, «lo pedíamos en serio. ¿Es que pueden desearse cosas más hermosas?».

El vendedor de espejos se había aproximado y otras personas prestaban asimismo atención. El forastero se había levantado el ala del sombrero, de modo que se le veían una frente clara y despejada y los ojos imperiosos. Se inclinó ante las tres muchachas y exclamó sonriente: «¡Ved, ya tenéis todo lo que habéis deseado!».

Las muchachas se miraron unas a otras, y luego rápidamente en un espejo. Las tres palidecieron entonces de asombro y alegría. Una había adquirido espesos rizos dorados que le llegaban hasta las rodillas. La segunda sostenía su espejo con manos blanquísimas y muy esbeltas, propias de una princesa. Y la tercera se halló de pronto erguida sobre zapatillas de baile de cuero rojo, mientras sus tobillos se habían vuelto tan finos como los de una corza. No podían comprender nada de lo que había sucedido, pero la de las manos aristocráticas rompió en un piadoso llanto, y tras apoyarse en el hombro de su amiga lloró de felicidad en su larga cabellera de oro.

Enseguida se empezó a comentar y a gritar la historia del milagro por todo el ámbito de la feria. Un joven menestral que lo había visto todo, estaba allí parado con ojos desorbitados y miraba al desconocido fijamente, como petrificado.

«¿Por qué no deseas tú también algo?», le preguntó de sopetón el desconocido.

El operario se sobresaltó, estaba completamente desorientado y dejó correr desvalido la mirada en derredor, en acecho de algo que pudiera desear. Vio entonces, colgada en la tienda de un carnicero, una enorme sarta de un grueso y rojo salchichón ahumado, y señalando en aquella dirección, tartamudeó: «Me gustaría una ristra de salchichón ahumado como ésa». Y en el acto la ristra le colgaba del cuello, y todos los que lo vieron empezaron a reír y a gritar, y cada uno trataba de arrimarse al forastero y quería formular también su deseo. Así lo hicieron, en efecto, y el que estaba más cerca en la fila fue más atrevido y pidió un traje de paño nuevo para pasear los domingos. Y apenas formulara su deseo, estaba metido en un traje elegantísimo y flamante, comparable a los del burgomaestre. Después le tocó a una campesina, que tuvo el ánimo de pedir francamente diez escudos, e inmediatamente los diez escudos tintineaban en su bolsillo.

Con esto la gente vio que ocurrían allí milagros verdaderos, y pronto rodaron las noticias por toda la plaza del mercado y a través de la ciudad. La multitud formó entonces rápidamente una gigantesca masa compacta en torno a la barraca del vendedor de espejos. Muchos se reían todavía y tomaban aquello a broma; otros no creían nada y hablaban con desconfianza. Pero muchos, atacados por la fiebre de los deseos, acudían corriendo con ojos ardientes y rostros sofocados que la codicia y la inquietud desfiguraba, pues temían que el manantial pudiera agotarse antes de que ellos alcanzaran a extraer el agua. Los niños pedían pasteles, ballestas, perros, sacos llenos de nueces, libros y juegos de bolos; las muchachas se marchaban de allí felices con nuevos vestidos, cintas, guantes y sombrillas. Un pequeño de diez años, que se había escapado de casa de la abuela, y a quien la magnificencia y el brillo de la feria habían sacado de quicio, pidió con voz clara un caballito vivo, pero negro, tenía que ser negro. De inmediato relinchó tras él un potrillo negro y restregó confiadamente su cabeza contra la espalda del niño.

Entre la muchedumbre, totalmente ebria a causa del prodigio, se abrió paso a la fuerza un solterón entrado en años, bastón de paseo en mano, que se adelantó temblando y apenas podía pronunciar palabras debido a la excitación que traía.

«Deseo», dijo tartamudeando, «de... seo doscientos...» El forastero lo miró, como inspeccionándolo, sacó una bolsa de cuero de sus bolsillos y la puso ante los ojos del excitado hombrecito. «¡Esperad un momento!», dijo. «¿No habéis perdido por ventura este monedero? Hay medio escudo dentro».

«¡Sí, sí, yo lo he perdido!», exclamó el solterón. «Es mío».

«¿Queréis recuperarlo?»

«¡Sí, sí, dádmelo!»

De este modo recibió la bolsa, con lo cual malgastó su deseo, y entonces, al darse cuenta, levantó su bastón, lleno de ira, contra el desconocido, pero no le acertó y sólo llegó a derribar un espejo. El ruido de los fragmentos no se había disipado aún cuando se presentó el vendedor y exigió el dinero correspondiente, que el solterón tuvo que pagar.

En ese momento se adelantó un propietario gordo y formuló un deseo importante, a saber: un nuevo tejado para su casa. De inmediato le llegó desde la calle donde estaba situada la casa el resplandor de aquél, con sus tejas flamantes y la blanca chimenea encalada. Todos se agitaron de nuevo, y sus deseos crecieron cada vez más. Pronto surgió uno que sin la menor vergüenza y con la mayor modestia pidió una casa nueva de cuatro pisos en la plaza principal. Y un cuarto de hora más tarde se apoyaba sobre el alféizar de su propia ventana y contemplaba la feria desde allí.

En realidad, ya no había feria. Toda la vida de la ciudad salía, como el río de la fuente, del lugar donde estaba la barraca de los espejos en la que se hallaba el desconocido y donde era posible satisfacer los deseos de cada uno. Gritos de admiración, envidia o carcajadas seguían a cada deseo, y cuando un chiquilín hambriento deseó para sí nada más que un sombrero lleno de ciruelas, le fue llenado con escudos el sombrero de alguien que no había sido demasiado modesto en su solicitud. Gran alborozo y aplauso provocó la gruesa mujer de un tendero que quería verse libre de un molesto bocio. Aquí se mostró, sin embargo, lo que la saña y la envidia son capaces de hacer. Pues el propio marido, malavenido como estaba con ella –precisamente acababan de reñir–, utilizó el deseo que hubiera podido volverlo rico para pedir que el bocio desaparecido volviera a su antiguo lugar. Pero el ejemplo había sido dado, y fueron traídos un montón de lisiados y enfermos. Y la multitud entró en un nuevo estado de embriaguez cuando los tullidos empezaron a bailar y los ciegos saludaron a la luz con ojos dichosos.

Entretanto, la gente menor había estado correteando por todas partes y divulgando el espléndido prodigio. Así hablaban, por ejemplo, de una vieja y fiel cocinera que estando junto al horno ocupada en asar un ganso para su amo, sintió llegar a través de la ventana también esas voces. No pudiendo resistirse, salió corriendo hacia la plaza del mercado, para pedir que se le cumpliera su anhelo de vida opulenta y feliz. Pero a medida que iba avanzando entre la muchedumbre, tanto más claramente le remordía la conciencia, y cuando le llegó el turno y pudo formular su deseo, renunció a todo y sólo pidió que el ganso no se hubiera achicharrado antes de estar ella de vuelta.

El tumulto no tenía fin. Las niñeras salían precipitadamente de sus casas y llevaban a los críos en los brazos, los enfermos se levantaban de sus camas y corrían afanosos en camisa por las calles. También acudió, completamente trastornada y desesperada, una viejecita que había venido andando desde el campo, y cuando se enteró del asunto de los deseos, rogó entre sollozos que pudiera volver a ver sano y salvo al nieto que se le había perdido. Y he aquí que llegó de inmediato el chico montado en un caballito negro y cayó riendo en sus brazos.

Por último, la ciudad entera, trastornada, se encontró en pleno delirio. Parejas de enamorados, cuyos deseos se habían cumplido, andaban del brazo; familias pobres se paseaban en calesas vistiendo aún las ropas remendadas que se habían puesto esa misma mañana. Todos los que estaban ya arrepentidos, y no eran pocos, de haber formulado un deseo poco inteligente, se alejaban tristes o bebían para olvidar en el viejo pozo del mercado, que se había llenado del mejor vino por el deseo de un bromista.

Y finalmente quedaron en la ciudad de Faldum sólo dos hombres que no sabían nada del prodigio y no habían solicitado ningún deseo para sí. Eran dos jóvenes que se pasaban el tiempo metidos en la alta buhardilla de una vieja casa del suburbio, con las ventanas cerradas. Uno de ellos estaba en el centro del cuarto, sujetaba el violín bajo la barbilla y tocaba con pasión; el otro, sentado en un rincón, sostenía la cabeza entre las manos y estaba completamente sumido en lo que escuchaba. A través de los pequeños vidrios de la ventana entraba un sol oblicuo y crepuscular y encendía con su luz intensa un ramillete de flores que se hallaba sobre la mesa, jugando sobre el papel pintado y roto de la pared. La habitación se veía colmada de una cálida luz y de las notas ardientes del violín, igual que una pequeña y escondida cámara de tesoros con el resplandor de las piedras preciosas allí reunidas. El violinista se mecía a uno y otro lado mientras tocaba, y tenía los ojos cerrados. El oyente miraba mudo el piso, tan inmóvil y ausente como si la vida se le hubiera paralizado.

Entonces se sintieron pasos fuertes en la calle, el portal fue abierto bruscamente, y los pasos se fueron acercando, firmes y ruidosos, escaleras arriba, hasta llegar a la buhardilla. Era el dueño de la casa, que abrió de un empujón la puerta de la estancia y entró dando voces y riendo, de modo que la música se interrumpió abruptamente y el absorto oyente dio un salto furioso y disgustado. También el violinista se mostró triste y colérico ante la interrupción y miró con reproche la risueña cara del dueño de la casa. Pero éste no reparó en ello, agitó los brazos como un borracho y gritó: «¡Eh, vosotros, chiflados, estáis ahí sentados y tocando el violín, y afuera el mundo entero se está transformando! ¡Despertad y corred, que no es demasiado tarde aún; en la plaza del mercado hay un hombre que puede realizar los deseos de cada uno! Ya no necesitaréis vivir bajo este tejado y seguir debiendo un alquiler insignificante. ¡Arriba y adelante, antes de que sea demasiado tarde! También yo me he convertido hoy en un hombre rico».

El violinista escuchó atónito, y puesto que el hombre no le daba paz, dejó a un lado el violín y se encasquetó el sombrero en la cabeza; su amigo lo siguió en silencio. Apenas habían salido de la casa, cuando vieron media ciudad transformada del modo más extraordinario. Con el pecho oprimido, como en mitad de un sueño, pasaron por delante de casas que el día anterior se asentaban grises, contrahechas y míseras, y ahora se erguían altas y adornadas cual palacios. Gentes a las que conocieron como mendigos, iban en coches de cuatro caballos o miraban, alardeando orgullosos, desde las ventanas de sus hermosas casas. Un hombre flaco, con apariencia de sastre, al que seguía un perrito minúsculo, se arrastraba agotado y sudoroso con un saco grande y pesado a cuestas, del cual goteaban, por un agujerito, monedas de oro sobre el empedrado.

Ambos jóvenes llegaron como autómatas a la plaza del mercado, hasta la barraca de los espejos. Allí estaba el desconocido, que les dijo: «No tenéis mucho apuro, según parece, en solicitar vuestros deseos. Precisamente me disponía a irme. Decid, pues, lo que deseáis, sin ningún reparo».

El violinista meneó la cabeza y dijo: «¡Ay, si me hubierais dejado en paz! No necesito nada».

«¿No? ¡Piénsalo bien!», exclamó el desconocido. «No tienes más que pedir aquello que se te ocurra».

Entonces el violinista cerró los ojos un rato y meditó. Y luego dijo en voz baja: «Quiero un violín en el que pueda tocar tan maravillosamente, que todo el mundo con sus ruidos no pueda llegar hasta mí».

Acto seguido, tenía en sus manos un hermoso violín y un arco. Apretó el violín contra sí y comenzó a tocar: el sonido era dulce y poderoso como una melodía del paraíso. Quien lo oía, se detenía a escuchar con atención y sus ojos adquirían gravedad. Pero como tocase de un modo cada vez más entrañable y majestuoso, fue arrebatado por los Invisibles y se desvaneció en las alturas. Y todavía llegaba desde la lejanía el eco de su música como el suave resplandor del atardecer.

«¿Y tú? ¿Qué vas a desear», preguntó el forastero al otro muchacho.

«¡Me habéis quitado ahora también al violinista!», dijo el joven. «Yo no quería otra cosa de la vida más que oír y contemplar, y pensar sólo en aquello que es imperecedero. Por eso desearía convertirme en una montaña, tan grande como el país de Faldum y tan alta que mi cumbre se elevara por encima de las nubes».

Entonces comenzó a tronar bajo la tierra, y todo empezó a vacilar; sonó un estrepitoso entrechocar de vidrios, los espejos cayeron hechos añicos sobre el empedrado de la calle; la plaza del mercado se alzó oscilando, así como se alza un paño bajo el que duerme un gato cuando éste despierta y arquea el lomo. Un terror inmenso se adueñó del pueblo; millares de personas huyeron de la ciudad dando gritos, en dirección al campo. Aquellos, empero, que permanecieron en la plaza, vieron surgir detrás de la ciudad una montaña imponente que penetró en las nubes del atardecer. Y simultáneamente vieron que el tranquilo arroyo se metamorfoseaba en un torrente blanco y bravío que, desde lo alto de la montaña, llegaba espumando al valle, tras formar muchos saltos y cascadas.

Había transcurrido un instante y ya el país de Faldum se había convertido en una montaña gigantesca, en cuya falda yacía la ciudad; a lo lejos, en lo hondo, se divisaba el mar. Pero nadie había sufrido daño alguno.

Un viejo que se había quedado junto a la barraca de los espejos y que lo había presenciado todo, dijo a su vecino: «El mundo se ha vuelto loco; estoy contento de no tener que vivir ya mucho tiempo. Sólo siento pena por el violinista, me hubiera gustado oír su música otra vez».

«Sí», dijo el otro. «Pero decidme, ¿adónde se ha marchado el desconocido?».

Miraron en torno: había desaparecido. Y cuando dirigieron la vista arriba, a la nueva montaña, vieron en lo alto al forastero, que se alejaba envuelto en una capa tremolante, recortado por unos instantes, enorme, contra el cielo del ocaso, y se desvaneció tras una arista de la roca.

IRIS

En la primavera de su infancia, Anselmo correteaba por el verde jardín. Una flor entre las flores que su madre cultivaba y que había recibido el nombre de lirio, le era particularmente grata. Arrimaba sus mejillas a sus hojas altas, de color verde claro, apretaba con cuidado los dedos contra las puntas agudas, y miraba largamente en su interior aspirando su floración grande y maravillosa. Había allí largas ringleras de dedos amarillos que brotaban desde el pálido fondo azulado de la flor: entre las mismas se alejaba una vereda luminosa que, bajando por el cáliz, se adentraba en el remoto misterio azul de la flor. Anselmo la quería mucho, pasaba largo tiempo mirándola por dentro y contemplaba los delicados órganos amarillos que le parecían de oro como el cerco de un jardín real, o como una doble avenida de bellos árboles de ensueño a los que ningún viento movía y entre los que corría límpido, veteado por animadas arterias de suaves transparencias, el secreto camino que llevaba a su interior. Era prodigioso ver cómo se dilataba la bóveda; hacia atrás, el camino infinitamente profundo se perdía, entre árboles dorados, en abismos inconcebibles. Sobre él se curvaba la bóveda violeta con gesto soberano y arrojaba una tenue sombra encantada sobre la maravilla inmóvil y a la espera. Anselmo sabía que ésa era la boca de la flor, que tras la magnificencia de esa planta amarilla, tras su garganta azul, moraban el corazón y los pensamientos de la flor. Y que por aquel hermoso, claro, transparente camino estriado entraban y salían su aliento y sus sueños.

Y al lado de la flor grande existían otras más pequeñas, no abiertas aún. Sostenidas por pedúnculos firmes y jugosos, dentro de un pequeño cáliz de una piel verde pardusca, emergería de ellas la flor recién nacida, tranquila y vigorosa, sólidamente envuelta en lila y verde claro. De sus finos picos asomaba, enrollado con suave tirantez, un flamante e intenso violeta. También en estos pétalos nuevos, todavía firmemente enrollados, había vetas y centenares de dibujos para observar.

Por las mañanas, cuando Anselmo salía de casa, del sueño y el ensueño, y regresaba a su extraño mundo, allí estaba el jardín, siempre nuevo, aguardándolo como de costumbre. Y donde ayer contemplara con detenimiento un duro botón azul densamente enrollado, ahora, bajo su verde cubierta, tenue y azul como el aire, un tierno pétalo pendía, similar a una lengua y a unos labios, buscando a tientas la forma y la convexidad largo tiempo soñadas; y en la parte interior, donde proseguía la lucha silenciosa con la envoltura, se adivinaban, ya dispuestos, las finas florescencias amarillas, los claros caminos veteados y las remotas y perfumadas cimas del alma. Tal vez al mediodía, tal vez por la noche, el botón se abriría, desplegaría su abovedada tienda de campaña de seda azul sobre el dorado bosque de sueños, y sus primeros ensueños, pensamientos y canciones surgirían apacibles, alentados por el impulso de aquel abismo mágico.

Llegó un día en que, de entre la hierba, no brotaron más que campanillas azules. Llegó un día en que, de pronto, hubo una resonancia nueva, un perfume nuevo en el jardín: sobre el follaje rojizo y asoleado pendía, blanda y bermeja, la primera rosa de té. Llegó el día en que desaparecieron los lirios. Se habían ido; ningún sendero entre cercos dorados bajaba ya suavemente al fragante misterio; era extraño encontrar esas hojas rígidas, frescas y terminadas en pico. Pero había bayas maduras en los matorrales, y encima de los narcisos revoloteaban, libre y juguetonamente, nuevas e inexplicables mariposas de color pardo rojizo y dorso nacarado, así como esfinges zumbadoras de alas cristalinas. Anselmo hablaba con las mariposas y con los guijarros; tenía por amigos al escarabajo y a la lagartija; los pájaros le contaban historias de pájaros; los helechos le dejaban ver sus pardas y concentradas semillas escondidas bajo la cubierta de las gigantescas hojas; trozos de vidrio verde y cristalino apresaban para él los rayos del sol y se convertían en palacios, jardines y centelleantes cámaras de tesoros. Los lirios se habían ido, pero en cambio florecían las capuchinas; si las rosas de té se marchitaban, maduraban las moras; todas las cosas se desplazaban, aparecían, duraban, se desvanecían y a su tiempo volvían a aparecer; inclusive esos días temibles y caprichosos, cuando el viento frío alborotaba entre los abetos y el follaje marchito crujía macilento y agónico en todo el jardín, traían también consigo una canción, una experiencia, una historia, hasta que todo nuevamente declinaba; la nieve caía ante las ventanas y bosques de palmeras crecían junto a los vidrios; ángeles con campanas de plata volaban en la noche; el zaguán y el desván olían a frutas desecadas. Jamás se extinguían la amistad ni la confianza en aquel universo de bondad. Y si en alguna ocasión, de repente, brillaban las campanillas blancas entre las negras hojas de la hiedra y volaban los primeros pájaros por las alturas nuevamente azules, era como si todo hubiera sido siempre así. Hasta que otro día, inesperadamente, pero siempre en el instante preciso y deseado, volvía a mirar la primera yema azulada desde uno de los tallos del lirio.

Todo era lindo para Anselmo, todas las cosas eran familiares y amistosas, a todas les daba la bienvenida; pero el momento supremo del milagro y la gracia era, para el muchacho, cada año, el del primer lirio. En su cáliz —una vez, en sus sueños infantiles más tempranos— había leído por primera vez en el libro de las maravillas; su aroma y su azul ondulante y múltiple habían significado para él llamada y clave de la Creación. Así lo acompañó el lirio a través de todos su años de inocencia, renovándose cada verano y haciéndose más enigmático y conmovedor. También otras flores tenían boca, también de otras flores emanaban fragancia y pensamientos, y otras atraían asimismo abejas y escarabajos a sus pequeñas y dulces cámaras. Pero el lirio azul era la flor más importante para el muchacho y aquella a la que amaba más entre todas: se convirtió en símbolo y ejemplo de todo lo prodigioso y digno de reflexión. Cuando miraba dentro de su cáliz y seguía mentalmente absorto aquel diáfano sendero de ensueño por entre los extraños cogollos amarillos hasta la crepuscular intimidad de la flor, entonces su alma veía en ese pórtico en el que la apariencia se convierte en enigma y la visión en presentimiento. Algunas veces, de noche, soñaba con ese cáliz, lo veía enormemente grande y abierto ante él, como la puerta abierta de un palacio celestial; ingresaba a caballo o volando en un cisne; y con él volaba y montaba y se deslizaba sin ruido el mundo entero, atraído por arte de magia hacia la hermosa garganta, hacia abajo, donde la espera debía cumplirse y el presentimiento volverse verdad.

Todo fenómeno sobre la tierra es un símbolo, y todo símbolo es una puerta abierta, por la que el alma, si está preparada, puede entrar en la intimidad del mundo, donde el tú y el yo, el día y la noche, son uno. Ante cada hombre, alguna vez en su vida, aparece la puerta abierta en el camino; en cada hombre aletea en una ocasión la idea de que todos los objetos visibles son símbolos y de que, tras cada símbolo, habitan el espíritu y la vida eterna. Pocos pasan, es cierto, por esa puerta y renuncian a las bellas apariencias a cambio de la presentida realidad de lo íntimo.

Así, el muchacho Anselmo creía que el cáliz de su flor era como una pregunta abierta y silenciosa que, en medio de vislumbres borboteantes, instaba a su alma a dar una respuesta feliz. Después volvía a tironear de él la deliciosa multiplicidad de las cosas: hablaba y jugaba con la hierba y con las piedras, raíces, arbustos, bichos y todas las amistades de su mundo. A menudo se sumía en profundas meditaciones respecto de sí mismo; sentado, examinaba las peculiaridades de su cuerpo; sentía con los ojos cerrados al tragar, cuando cantaba o respiraba, extraños movimientos, sensaciones y percepciones en la boca y en el cuello; sentía también que allí estaban el camino y la puerta por los que un alma puede llegar a otra; observaba con admiración las significativas figuras coloreadas que se le aparecían con frecuencia desde la purpúrea oscuridad de sus ojos cerrados; manchas y semicírculos de azul y rojo subido, con claras líneas cristalinas entrelazadas. Muchas veces advertía Anselmo, con una emoción entre regocijada y temerosa, las conexiones múltiples y sutiles entre ojo y oído, olfato y tacto; durante bellos y fugaces instantes percibía sonidos, acentos, letras vinculadas entre sí y similares al rojo y al azul, a lo duro y a lo blando; o se admiraba al oler una planta o un trozo de verde corteza arrancada, o de lo extrañamente próximos que están el olfato y el gusto, y cuán a menudo uno se cambia en otro o se convierten en algo único.

Todos los niños tienen esa sensibilidad, si bien no todos la desarrollan con la misma fuerza y sutileza, y en muchos de ellos pronto desaparece, aun antes de haber aprendido las primeras letras, como si nunca la hubiesen tenido. En otros subsiste largo tiempo ese misterio de la infancia; y llegan a conservar para sí un resto y eco de él hasta la época de los cabellos blancos y los fatigados días postreros. Todos los niños, en tanto que están en el secreto, se ocupan de continuo y con toda el alma del único asunto importante, vale decir, de sí mismos y de las enigmáticas conexiones existentes entre su propia persona y el mundo circundante.

Buscadores de la verdad y sabios retornan con los años de madurez a estas ocupaciones, pero la mayor parte de los hombres olvidan y abandonan desde temprano este mundo interior de lo verdaderamente trascendental y vagan a lo largo de su existencia por los laberintos confusos de las preocupaciones, los deseos y los objetivos, ninguno de los cuales vive en lo íntimo ni los volverá a conducir a su intimidad y a su morada.

Los veranos y otoños de la infancia de Anselmo llegaban suavemente y se marchaban sin ser oídos; una y otra vez florecían y se marchitaban las campanillas blancas, las violetas, los alelíes amarillos, las siemprevivas, rosas y lirios, hermosos y abundantes como siempre. Convivía con ellos; la flor y el pájaro le hablaban; el árbol y la fuente lo escuchaban; llevó consigo, según la vieja costumbre, las primeras letras escritas en su cuaderno, los primeros disgustos con sus amiguitos, el jardín, su madre, el arriate adornado de coloridas piedras.

Pero una vez llegó cierta primavera que no olía ni sonaba como las anteriores; el mirlo cantaba, pero no la vieja canción; se abrió el lirio azul, y por el sendero de su cáliz, flanqueado con cercos de oro, no entraban ni salían ensueños ni historias legendarias. Reían las frutillas escondidas en su verde sombra; las mariposas revoloteaban brillantes sobre las altas umbelas; pero ya no era como antes y otras cosas empezaban a interesar al muchacho, que ahora discutía mucho con su madre. Él mismo no sabía qué le pasaba ni la razón de su sufrimiento, ni la causa de aquellos disgustos continuos. Únicamente veía que el mundo había cambiado, que las amistades de otrora se alejaban y lo dejaban solo.

Así transcurrió un año, y otro; Anselmo ya no era un niño. Los variados guijarros que rodeaban el arriate se habían vuelto fastidiosos, y las flores estúpidas; guardaba los escarabajos clavados con alfileres en una caja;

su alma había iniciado el largo y duro rodeo, y los antiguos amigos se habían secado y agostado.

Impetuosamente irrumpió el joven en la vida, que sólo ahora creía que comenzaba. Borracho y olvidado quedó el mundo de las alegorías; nuevos deseos y caminos le atraían. Aún permanecía suspendida de él la niñez como una fragancia en la mirada azul y en el cabello suave, pero no le agradaba que le recordasen esos años. De esta manera se hizo cortar el pelo al rape y puso en la mirada tanta audacia y experiencia como le fue posible. Se precipitó con veleidad a través de aquellos inquietos años de espera, ora como buen estudiante y amigo, ora solitario y huraño, unas veces enfrascado en los libros, hasta por las noches, otras indómito y estrepitoso en las primeras orgías juveniles. Tuvo que abandonar su patria y sólo volvió a verla raras veces en cortas visitas, cuando, transformado, alto y bien vestido, visitaba a su madre. Traía consigo amigos, libros, siempre diferentes los unos y los otros, y cuando cruzaba el viejo jardín, éste parecía pequeño y callaba ante su mirar distraído. Nunca más volvió a leer historias en las vetas coloreadas de las piedras y las hojas, no volvió a ver jamás a Dios y a la eternidad habitando en el misterio floral del iris azul.

Anselmo fue colegial, fue estudiante; volvió a la ciudad natal con una gorra roja, luego con otra amarilla, con bozo encima de los labios y luego con barba incipiente. Trajo libros en idiomas extranjeros; una vez un perro; y en una cartera de cuero que guardaba junto al pecho llevaba poesías reservadas, o copias que contenían una sabiduría muy antigua, o retratos y cartas

112

de lindas muchachas. Regresó de nuevo; había estado lejos en tierras extranjeras y había estado embarcado en grandes buques surcando los mares. Y otra vez regresó. Ya era un joven sabio, traía sombrero negro y guantes oscuros; y sus antiguos vecinos se quitaban el sombrero para saludarlo y le daban el nombre de profesor, aunque todavía no lo era. Vino otra vez, y esbelto y grave en su traje negro, caminó tras el lento carruaje que llevaba a su madre anciana, yacente en un ataúd engalanado. Después volvió en muy contadas ocasiones.

En la gran ciudad, donde ahora Anselmo enseñaba a los estudiantes y era considerado un prestigioso erudito, se paseaba, se sentaba o se ponía de pie igual que tantos otros individuos en el mundo, con su elegante traje y su sombrero, serio o afable, con la mirada viva —a veces un tanto fatigada— y era todo un señor, un investigador, tal como lo había deseado. Ahora le pasaba algo similar a lo que le había pasado al término de su infancia. Notaba los muchos años que habían ido deslizándose a lo largo de su vida, y se hallaba extrañamente solo e insatisfecho en medio de aquel mundo al que siempre aspirara. No constituía realmente una felicidad ser un señor profesor, no había verdadero placer en ser saludado respetuosamente por burgueses y por estudiantes. Todo aquello estaba como marchito y cubierto de polvo y la felicidad yacía de nuevo lejos, en el futuro, y el camino hacia ella parecía sofocante, polvoriento y vulgar.

En aquella época Anselmo frecuentaba la casa de un amigo suyo, atraído por su hermana. Ya no corría fácilmente detrás de un lindo rostro —también en esto había cambiado—, y sentía que la felicidad tendría que venir hacia él de una manera particular, que no podía estar guardada tras cada ventana. La hermana de su amigo le agradaba mucho, y a menudo creía tener conciencia de que realmente la amaba. Pero ella era una joven singular: cada paso y cada palabra suya estaban coloreados y acunados de un modo propio, y no siempre resultaba fácil ir con ella y acompañarla al mismo paso. Cuando Anselmo se paseaba a veces por las noches de un lado a otro en la soledad de su habitación, y escuchaba pensativo sus propios pasos en el cuarto, entonces luchaba consigo mismo a causa de su amiga. Ésta tenía más años de los que él hubiera deseado para su mujer; era muy especial, y resultaba difícil vivir a su lado y que ella le siguiese en su ambición de erudito, pues no quería oír hablar de esas cosas. Tampoco era muy fuerte ni gozaba de buena salud, y por ello difícilmente podría soportar la vida social de reuniones y fiestas. Ella prefería vivir entre flores y música y tal vez con algún libro, en una soledad callada; esperaba que alguien llegara hasta ella y dejaba que el mundo siguiese su marcha. Era tan tierna y sensible, que muchas veces lo extraño le producía dolor y rompía en llanto con facilidad, después de lo cual irradiaba serenidad y delicadeza dentro de su felicidad solitaria. Y quien presenciaba todo esto, sentía lo difícil que sería dar algo a aquella hermosa y extraña mujer, y que ese algo fuera importante para ella. En ocasiones creía Anselmo que ella lo amaba; otras veces le parecía que no amaba a nadie, que simplemente era tierna y afectuosa con todos, y que no ansiaba del mundo más que vivir en paz y que la dejaran tranquila. Pero él pretendía otras cosas de la existencia, y de tener una esposa, soñaba con una casa donde hubiera vida, sucesos, hospitalidad.

«Iris», le decía, «querida Iris, ¡si el mundo estuviera organizado de otro modo! Si no existiese en absoluto nada más que tu bello y tierno mundo de flores, pensamientos y música, entonces yo no desearía más que pasar toda la vida a tu lado, escuchar tus relatos y participar en tus pensamientos. Ya de por sí tu nombre me hace bien; Iris es un nombre maravilloso, y no sé qué me recuerda».

«Pero tú sabes», dijo ella, «que los lirios azules y amarillos se llaman así».

«Sí», exclamó él con una sensación opresiva, «lo sé, y ya esa relación es muy hermosa. Pero siempre que pronuncio tu nombre, quiere recordarme, además, alguna otra cosa, no sé cuál, como si estuviera ligado a recuerdos muy profundos, remotos e importantes, y sin embargo no sé ni caigo en la cuenta de cuáles pueden ser».

Iris le sonrió, mientras él, perplejo, estaba ante ella y se pasaba la mano por la frente.

«A mí me sucede eso cada vez que huelo una flor», dijo ella con su ligera voz de ave. «Entonces mi corazón cree siempre que el aroma está vinculado a la memoria de algo sumamente preciado y hermoso, que hace mucho tiempo fue mío y que perdí. Con la música me ocurre también lo mismo, y a veces también con la poesía... De pronto algo centellea, y por un instante es como si uno divisara abajo, en el valle, a sus pies, una patria perdida; luego, súbitamente, vuelve a desaparecer, volvemos a olvidar. Querido Anselmo, pienso que ése es el sentido de nuestra presencia en la tierra, esa meditación y búsqueda, ese escuchar de lejanas melodías perdidas; tras ella se extiende nuestra verdadera patria».

«¡Qué hermoso es eso que acabas de decir!», la halagó Anselmo, al tiempo que sentía en su pecho una conmoción casi dolorosa, como si una brújula allí oculta señalara su remoto destino irremisible. Pero aquel destino era totalmente distinto del que había querido dar a su existencia, y eso dolía. ¿Era digno de él perder el tiempo de su vida en ensueños ocultos detrás de bonitos cuentos de hadas?

Llegó luego un día en que, habiendo regresado Anselmo de un viaje solitario, se sintió tan fría y abrumadoramente recibido por su desnuda habitación de erudito, que corrió a casa de su amigo, dispuesto a solicitar la mano de la hermosa Iris.

«Iris», le dijo, «no puedo seguir viviendo así. Siempre has sido mi buena amiga y debo confesártelo todo. Necesito una esposa, de lo contrario tendría la sensación de llevar una vida vacía y sin sentido. ¿Y a quién debo desear por esposa, sino a ti, mi amada flor? ¿Quieres, Iris? Tendrás flores, tantas como pueda haber; tendrás el más bello jardín. ¿Quieres venir a mi casa?».

Iris lo miró larga y serenamente a los ojos; no sonrió ni se ruborizó. Su voz fue firme al contestarle:

«Anselmo, tu pregunta no me ha extrañado. Te quiero, aunque nunca he pensado en convertirme en tu mujer. Pero, querido amigo, exijo mucho del que haya de ser mi marido; exijo mucho más que la mayoría de las mujeres. Me has ofrecido flores, y tu intención es buena. Pero yo puedo vivir sin flores y también sin música;

podría prescindir de ésas y de muchas otras cosas si fuera necesario. Sin embargo, hay una cosa de la que no puedo ni quiero prescindir; tampoco podría vivir un solo día sin ella, pues la música de mi corazón es lo esencial para mí. Si he de convivir con un hombre, debe ser con uno cuya música interior armonice perfecta y delicadamente con la mía; su única aspiración debe consistir en que su propia música sea pura y suene de acuerdo con la mía. ¿Eres capaz de hacerlo, amigo mío? Con ello probablemente no te harás muy célebre ni obtendrás honores; tu casa estará silenciosa y las arrugas de tu frente, que conozco hace varios años, habrán desaparecido. ¡Ay Anselmo, esto no marchará! Mira, tú eres de tal condición que nuevas arrugas vendrán constantemente a surcar tu frente y te crearás continuamente nuevas preocupaciones; amas, sin duda, lo que yo pienso y soy y lo encuentras atractivo, pero para ti, como para los demás, se trata apenas de un juguete delicado. ¡Oh, escúchame bien! Todo esto que representa para ti un juguete, es para mí la vida misma y también debería serlo para ti; y todo a lo que tú te dedicas con esfuerzo y con cuidado, es para mí un juguete y, según mi juicio, no es digno de que uno viva para ello. Yo ya no cambiaré, Anselmo, porque vivo de acuerdo con una ley que está dentro de mí. ¿Podrías tú convertirte en otro? Porque sólo de ese modo podría yo transformarme en tu mujer.»

Anselmo guardó silencio, sorprendido por la voluntad de aquella que él había juzgado débil y juguetona. Callaba y en la excitada mano estrujaba una flor que había tomado de la mesa.

Iris le quitó suavemente la flor de la mano; esto le llegó al corazón como un serio reproche y luego, de improviso, sonrió luminosa y afectuosamente, como si del modo más inesperado hubiera encontrado un camino en medio de la oscuridad.

«Tengo una idea», dijo a media voz, y se sonrojó al decirlo. «La hallarás rara, te parecerá un capricho. Pero no lo es. ¿Quieres escucharla? ¿Podrás admitirla como algo decisivo entre nosotros?».

Sin comprender, Anselmo miraba a su amiga con la preocupación reflejada en el pálido semblante. La sonrisa de ella lo subyugó de tal manera que cobró confianza y asintió.

«Quisiera proponerte una prueba», dijo Iris, y enseguida volvió a ponerse muy seria.

«Hazlo, estás en tu derecho», se sometió su amigo.

«Se trata de algo serio para mí», dijo ella, «de mi última palabra. ¿Querrás tomar esto como cosa que me brota del alma, sin regatear, aunque no lo comprendas en un primer momento?».

Anselmo lo prometió. Entonces ella, mientras se levantaba y le daba la mano, dijo:

«Muchas veces me has dicho que al pronunciar mi nombre invariablemente evocabas alguna cosa olvidada que fue importante y sagrada para ti hace mucho tiempo. Ésta es una señal, Anselmo, y la misma ha hecho que te sintieras atraído hacia mí todos estos años. También yo creo que en el fondo de tu alma has perdido y olvidado algo importante y sacro, que tiene que volver a despertar para que puedas hallar la felicidad y alcanzar lo que te ha sido destinado. ¡Ve con Dios, Anselmo! Te doy mi mano y te ruego que partas y trates de recuperar en tu memoria eso que mi nombre te evoca. El día que lo hayas vuelto a encontrar, me iré contigo, como tu mujer, adonde quieras y no tendré otros deseos que los tuyos.»

Estupefacto y confuso, intentó Anselmo replicarle y considerar como un capricho esa demanda; pero ella le recordó su promesa con una mirada terminante de advertencia, y él se calló. Con los ojos bajos tomó la mano de ella, se la llevó a sus labios y se marchó.

Muchos problemas había tenido que enfrentar en su vida, muchos los había solucionado; pero ninguno había sido extraño, de tanto peso y a la vez tan descorazonador como aquél. Días y días se los pasaba dando vueltas y pensando en él hasta el cansancio, y siempre llegaba un momento en que, desesperado y furioso, calificaba de maniático capricho de mujer todo ese asunto y lo alejaba de su mente. Pero más tarde, algo muy hondo en su interior le decía que no; era como un dolor muy sutil u oculto, una advertencia suavísima y apenas perceptible... Aquella delicada voz, que surgía de su propio corazón, le daba la razón a Iris y hacía la misma recomendación que ella.

Pero aquel problema era demasiado difícil para el sabio. Debía acordarse de algo olvidado mucho tiempo atrás; de entre la telaraña de los años sumergidos, debía recuperar una hebra dorada y única; debía apresar con sus manos alguna cosa y ofrecerla a su amada, fuera un apagado trino de pájaro, un dejo placentero o triste al escuchar una melodía, algo acaso más sutil, efímero e incorpóreo que una idea, más vano que el sueño de una noche, más incierto que la niebla de la mañana.

En muchas ocasiones, cuando, desanimado, había apartado de su mente todo eso y lo había abandonado de malhumor, al poco tiempo y de improviso llegaba a él una especie de soplo, como un aliento de jardines remotos: murmuraba entonces para sí el nombre de «Iris» diez y más veces, en voz baja y juguetonamente, como quien busca un tono en una cuerda tensa. «Iris», susurraba, «Iris»…, y sentía un dolor sutil, como algo que se moviera en su interior, al igual que cuando en una casa vieja y abandonada se abre una puerta o rechina un postigo sin que se sepa la causa. Buceaba en sus recuerdos, que creía tener bien ordenados, y realizaba descubrimientos tan asombrosos como desconcertantes. Su riqueza de recuerdos era infinitamente menor de lo que se había figurado. Cuando intentaba evocarlos, le faltaban años enteros que quedaban vacíos igual que páginas en blanco. Encontró que le costaba gran esfuerzo volver a representarse con claridad la imagen de su madre. Había olvidado totalmente cómo se llamaba una muchacha a la que, en su juventud, había perseguido con ardientes peticiones de mano. Se acordó sí de un perro que había comprado por capricho hacía mucho, cuando estudiante, y que lo había acompañado una larga temporada, pero necesitó días para volver a recordar el nombre del perro.

Dolorido, el pobre hombre fue observando con creciente tristeza y angustia, qué perdida y vacía quedaba detrás de él su vida pasada, ajena y sin relación con su propia persona, a la manera de algo que se ha aprendido de memoria en otro tiempo y de lo cual se consiguen reconstruir con mucho esfuerzo ciertos fragmentos solitarios. Empezó a escribir; quería fijar por escrito sus vivencias más importantes, año por año, para tenerlas así otra vez bajo su dominio. Pero, ¿dónde estaban sus vivencias principales? ¿Que había llegado a ser profesor? ¿Que una vez hizo el doctorado, que fue colegial, estudiante universitario? ¿O que en tiempos pasados le había gustado esta o aquella muchacha por una temporada? Aterrado alzaba la vista. ¿Era esto la vida? ¿Eso era todo? Y se golpeaba la frente y reía con violencia.

Entretanto, el tiempo corría, ¡jamás había corrido tan rápida e inexorablemente! Transcurrió un año, y le parecía que se hallaba todavía en el mismo punto que cuando se alejara de Iris. Sin embargo, en ese lapso había cambiado mucho, cosa de la que todo el mundo, excepto él, se daba cuenta. Había envejecido tanto como había rejuvenecido. Para sus conocidos se convirtió casi en un extraño; se lo hallaba distraído, voluble, raro; cobró fama de persona extravagante. Era una lástima... pero había estado soltero demasiado tiempo. Llegó a ocurrir que se olvidara de sus obligaciones y que sus alumnos lo aguardaran en vano. A veces, sumido en cavilaciones, se deslizaba por las calles arrimado a las casas, y con el abrigo desastrado iba rozando las molduras y quitándoles el polvo. Algunos creían que había empezado a beber. Otras veces, empero, se detenía en medio de una disertación ante sus discípulos, intentaba acordarse de algo, sonreía de un modo infantil y cordial que nadie le había conocido antes, y continuaba con un acento cálido y emocionado que a muchos les tocaba el corazón.

El mucho tiempo de desesperada correría en pos de los perfumes y las borradas huellas de los años lejanos, le había otorgado un nuevo sentido, del que él mismo, no obstante, no se daba cuenta. Tenía la impresión, cada vez más frecuente, de que tras aquello que él había denominado sus recuerdos, existían otros recuerdos, lo mismo que en una pared con pinturas antiguas yacen, a veces debajo de las viejas imágenes, otras más antiguas todavía, que duermen ocultas por la más reciente. Quería traer a la memoria cualquier cosa, acaso el nombre de una ciudad en la que había pasado algunos días durante sus viajes, o la fecha del cumpleaños de un amigo, o cualquier otra cosa; mientras escarbaba y desenterraba, como si fueran escombros, un pequeño trozo del pasado, se le aparecía de improviso algo completamente distinto a lo que buscaba. Los sorprendía como un hálito, como el viento de una mañana de abril, o como un día nebuloso de setiembre; olía su perfume, gustaba su sabor, experimentaba oscuras y delicadas sensaciones en alguna parte, en la piel, en los ojos, en el corazón. Y lentamente empezó a comprender: tuvo que haber existido un día azul, cálido o frío, gris o comoquiera que fuese, y la esencia de ese día tuvo que haber penetrado en él, y luego habérsele adherido a modo de un oscuro recuerdo. En el pasado real no podía reencontrar ese día de primavera o de invierno que él olía y sentía nítidamente; faltaban nombres y cifras para ello; tal vez había sido en su época de estudiante, tal vez mucho antes, en la cuna; pero el aroma estaba allí, y él sentía vivir dentro de sí algo cuya naturaleza ignoraba y que no podía nombrar ni definir. A veces le parecía que aquellos recuerdos bien podían trascender desde el pretérito de una existencia anterior a la suya, aunque la ocurrencia le provocaba risa.

Muchas cosas encontró Anselmo en su peregrinaje desorientado a través de los abismos de la memoria. Muchas cosas encontró que lo enternecieron y conmovieron, y muchas que le produjeron angustia y terror; pero lo que no encontró fue eso que el nombre «Iris» significaba para él.

En una ocasión volvió a visitar, en el tormento de su búsqueda impotente, la vieja patria. Volvió a ver sus bosques y calles, sus senderos y vallados, estuvo en el jardín de su niñez y sintió una agitación de olas en su corazón. El pasado lo envolvió como un sueño. Triste y silencioso regresó de ese lugar. Hizo correr la voz de que estaba enfermo y despidió a quienes se interesaban por su estado.

Uno, sin embargo, llegó hasta él. Era su amigo, al que no había vuelto a ver desde su petición de mano a Iris. Llegó y vio a Anselmo desaseado, sentado en su melancólica reclusión.

«Levántate», le dijo, «y ven conmigo. Iris quiere verte».

«¿Iris? ¿Qué le ocurre?... ¡Oh, ya lo sé, ya lo sé!».

«Sí», dijo el amigo, «ven conmigo. Va a morir, está enferma desde hace mucho tiempo».

Fueron a casa de Iris, quien, ligera y delgada como un niño, yacía en su lecho y sonreía luminosamente, con los ojos agrandados. Dio a Anselmo su leve y blanca mano de niño, que quedó como una flor en la de él, y su rostro estaba como iluminado.

«Anselmo», dijo. «¿Estás enojado conmigo? Te he impuesto una tarea difícil y veo que has permanecido fiel a ella. ¡Sigue buscando y ve por ese camino hasta que llegues a la meta! Creías seguirlo por mi causa, pero vas en él por tu propia causa. ¿Lo sabías?».

«Lo presentía», dijo Anselmo, «y ahora lo sé. Es un largo camino, Iris, y habría retrocedido hace mucho tiempo, pero no encuentro el camino de vuelta. No sé qué va a ser de mí».

Ella miró sus ojos tristes y sonrió con una sonrisa luminosa y consoladora; él se inclinó sobre su fina mano y lloró largo tiempo, de manera que la mano quedó humedecida por sus lágrimas.

«Lo que vaya a ser de ti», dijo ella con una voz que parecía la evocación de un recuerdo, «lo que vaya a ser de ti, no necesitas preguntarlo. Has buscado muchas cosas en tu vida. Has buscado honores, y la felicidad, y la sabiduría, y me has buscado a mí, a tu pequeña Iris. Todas han sido lindas imágenes, y te abandonaron, lo mismo que yo tengo que abandonarte ahora. Igual me sucedió a mí. Siempre he buscado, y siempre se trataba de imágenes bonitas y placenteras, pero siempre continuamente fueron decayendo y marchitándose. Ahora no sé de ninguna imagen, no busco nada más; he regresado y sólo me falta dar un paso pequeño para estar ya en mi casa. También tú llegarás allí, Anselmo, y entonces no habrá más arrugas en tu frente».

Estaba tan pálida que Anselmo, desesperado, exclamó: «¡Oh, espera todavía, Iris, no te marches aún! ¡Déjame una señal de que no te perderás para mí definitivamente!».

Ella asintió con la cabeza, y de un vaso que tenía al lado, tomó un lirio azul recién florecido y se lo dio.

«Ten mi flor, el iris, y no me olvides. Búscame, busca el iris, y después vendrás a mi casa.»

Llorando tomó Anselmo la flor en sus manos y llorando se despidió. Y habiéndole más tarde enviado su amigo un aviso, regresó a la casa y ayudó a adornar con flores el ataúd de Iris y a darle sepultura.

Después, su vida se derrumbó; no le parecía posible seguir hilando aquella hebra. Lo dejó todo, abandonó la ciudad y el cargo, y se perdió por el mundo. Fue visto aquí y allá; un día apareció en su tierra y se apoyó en el cercado del viejo jardín; pero cuando la gente llegó para hacerle preguntas y recibirlo, se volvió a marchar y desapareció.

Perduró su amor a los lirios. A menudo se inclinaba sobre alguno, y entonces ella se le hacía siempre visible, y cuando hundía largo tiempo su mirada en la corola, le parecía que desde las azuladas profundidades ascendían hasta él el aroma y el presentimiento de todo lo pasado y de lo venidero, hasta que proseguía triste su camino, porque la consumación no llegaba. Era como si escuchase junto a una puerta que se hubiera quedado entreabierta y percibiese tras ella el aliento del secreto más encantador, y precisamente cuando creía que todo iba a dársele y cumplírsele en ese momento, la puerta se cerraba de golpe y el viento del mundo azotaba fríamente su soledad.

En sus sueños le hablaba su madre, cuya figura y rostro veía ahora tan claros y próximos como nunca en tantos largos años. Iris también le hablaba, de modo que cuando despertaba permanecía el sonido de sus palabras, y en ello se detenía a pensar toda la jornada. No tenía residencia fija; recorría, desconocido, los países; dormía en casas, dormía en bosques; comía pan o comía bayas;

bebía vino o bebía el rocío de las hojas de los matorrales. De nada se daba cuenta. Para unos, era un loco; para otros, un mago. Muchos le temían, muchos se reían de él, muchos lo amaban. Aprendió a estar entre niños, cosa que nunca había sabido, y a participar en sus extraños juegos, a dialogar con una rama desgajada y con una piedrecita. Inviernos y veranos desfilaron por delante de él; miraba dentro de las corolas de las flores, en los arroyos y los lagos.

«Alegorías», se decía de vez en cuando, «todo es alegoría».

Pero en su interior sentía un ser que no era alegoría y detrás del cual iba; ese ser le hablaba en ocasiones y su voz era la de Iris y la de su madre, y le traía consuelo y esperanza.

Le sucedían cosas asombrosas y no lo asombraban. Así, una vez, en invierno, caminaba por tierras cubiertas de nieve, y en su barba se había formado hielo. Y en la nieve se erguía, puntiagudo y esbelto, un tallo de iris, del que había brotado una hermosa flor única. Se inclinó hacia ella y sonrió, pues entonces cayó en la cuenta de aquello que el nombre Iris le sugería incesantemente. Recordó su sueño de la infancia, y vio, entre varas de oro, la estriada ruta azul claro luminosa, que llevaba al misterio y al corazón de la flor; y supo que allí estaba lo que él iba buscando; allí estaba el ser que ya no es más imagen.

Y de nuevo le llegaron advertencias; sueños lo conducían. Fue a parar a una cabaña en la que había niños, y jugó con ellos; le contaron historias; le contaron que en el bosque, cerca de la cabaña de los carboneros, había ocurrido un milagro. Allí podía verse abierto el portal de los espíritus, que sólo se abre cada mil años. Él escuchaba y asentía con la cabeza a la imagen querida. Y prosiguió su camino; delante de él iba cantando un pájaro en la aliseda, un pájaro de voz dulce y extraña, como la voz de la fallecida Iris. Lo siguió; volaba y saltaba más allá, al otro lado del arroyo y hasta pleno bosque.

Cuando el pájaro calló y ya no se lo veía ni oía, Anselmo se detuvo y miró en torno. Se hallaba en un profundo valle del bosque; bajo las verdes y anchas hojas corrían las aguas; todo lo demás estaba silencioso y en actitud de espera. Pero dentro de su pecho seguía cantando el pájaro con la voz amada, lo que le dio deseos de avanzar, hasta encontrarse frente a un muro rocoso en el que crecía el musgo y en cuyo centro se abría una grieta, la cual llevaba, con dificultad y estrechez, al interior de la montaña.

Un anciano, que estaba sentado ante la abertura, se levantó al ver venir a Anselmo, y exclamó:

«¡Atrás, oh mortal, atrás! Ésta es la puerta de los espíritus. Ninguno de los que entraron aquí ha regresado».

Anselmo alzó la vista y contempló el portal rocoso; por allí vio perderse en las honduras de la montaña un sendero azul, y a los dos costados se levantaban columnas de oro muy apretadas. El camino se hundía hacia el interior, descendiendo, como dentro del cáliz de una flor enorme.

El pájaro cantó claramente en su pecho, y Anselmo, pasando cerca del guardián, penetró por la hendidura y se adelantó entre las columnas doradas hacia el misterio azul del interior. Era Iris, en cuyo corazón estaba penetrando, y era el lirio del jardín materno, en cuyo cáliz azul entraba como flotando. Y mientras iba silenciosamente al encuentro del crepúsculo de oro, todos los recuerdos y todo el saber concurrieron al mismo tiempo a él; tocó su propia mano y era pequeña y blanda; en su oído sonaron, próximas y familiares, voces de amor; sonaban cálidas, y las doradas columnas resplandecían como en las primaveras de la infancia.

Y también su sueño estaba de nuevo allí, el que había soñado de niño, cuando descendía dentro del cáliz y detrás de él se deslizaba y lo acompañaba el mundo de las imágenes, y él se sumergía en el misterio que yace detrás de todas las imágenes.

Suavemente comenzó a cantar, y su camino suavemente descendía hacia la patria.

CONVERSACIÓN CON LA ESTUFA

Está ante mí, corpulenta, panzuda, con las grandes fauces llenas de fuego. Se llama *Franklin*...

—¿Eres tú Benjamín Franklin? —le pregunté.

—No, sólo *Franklin, Francolino*. Soy una estufa italiana, una excelente invención. No caliento mucho, pero como invento, como producción de una industria muy desarrollada...

—Sí, ya lo sé. Todas las estufas con nombres hermosos calientan mucho, todas son invenciones excelentes, algunas son productos gloriosos de la industria, como se demuestra en los prospectos. Yo las aprecio mucho, merecen admiración. Pero dime, *Franklin*, ¿cómo es que una estufa italiana lleva un nombre americano? ¿No es esto extraño?

—No, esto es un secreto, ¿sabes? Los pueblos cobardes tienen canciones populares en que se ensalza el valor. Los pueblos sin amor tienen obras teatrales en que se glorifica al amor. Así nos sucede también a nosotras, las estufas. Una estufa italiana tiene, la mayoría de las veces, un nombre americano, como una estufa alemana y no son mejores que yo en nada, pero se llaman *Eureka* o *Fénix* o *Despedida de Héctor*. Esto despierta grandes recuerdos. Por eso me llamo *Franklin*. Soy una estufa, pero también podía ser un estadista. Tengo una gran boca, caliento poco, escupo humo por un tubo, tengo un buen nombre y despierto grandes recuerdos. Así soy.

—Es cierto —dije yo—; siento gran admiración por usted. Puesto que es usted una estufa italiana, ¿podrían asarse castañas en usted, verdad?

—Ciertamente que sí; cualquiera es libre de hacerlo. Es un pasatiempo que a muchos agrada. Otros hacen versos o juegan al ajedrez. Es cierto que se pueden asar castañas en mí. Es verdad que se queman y no hay quien las coma, pero en eso reside el pasatiempo. Los hombres no aman nada tanto como los pasatiempos, y yo soy una obra humana y debo servir al hombre. Cumplimos con nuestro deber, con nuestro sencillo deber; somos monumentos, ni más ni menos.

—¿Monumentos, dice usted? ¿Se consideran ustedes monumentos?

—Todos nosotros somos monumentos. Nosotros, los productos de la industria, somos monumentos de una cualidad que escasea en la Naturaleza y sólo se encuentra en elevada perfección en los hombres.

—¿Qué cualidad es esa, señor *Franklin*?

—El sentido de lo poco práctico. Yo soy, como muchos de mis semejantes, un monumento de ese sentido. Me llamo *Franklin*, soy una estufa, tengo una boca grande que devora la madera, y un gran tubo por el que el calor encuentra el camino más rápido para salir al exterior. Tengo, también, lo que no carece de importancia, adornos, leones y otras cosas, y tengo algunas llaves que se pueden abrir y cerrar, lo cual causa mucho placer. Esto también sirve de pasatiempo, igual que las llaves de una flauta que el músico puede abrir o cerrar a discreción. Esto le da la ilusión de que hace algo simbólico, y así es, en efecto.

—Me maravilla usted, *Franklin*. Es usted la estufa más juiciosa que he visto hasta ahora. Pero acláreme esto: ¿Es usted una estufa en realidad o un monumento?

—¡Cuánta pregunta! Ya sabe usted que el hombre es el único ser que da un sentido a las cosas. El hombre es así; yo estoy a su servicio, soy su obra, me limito a señalar los hechos. El hombre es idealista, es un pensador. Para los animales, un roble es un roble, una montaña es una montaña, el viento es viento, y no un hijo del Cielo. Pero para los hombres todo es divino, todo es profundo, todo es simbólico. Todo significa algo enteramente distinto de lo que es. El ser y el parecer están en litigio. La cosa es una antigua invención, creo que se remonta a Platón. Una muerte es una heroicidad, una epidemia es el dedo de Dios, una guerra es una glorificación de Dios, un cáncer de estómago es una evolución. ¿Cómo podría ser una estufa solamente una estufa? No; ella es un símbolo, un monumento, un mensajero. Cierto que parece ser una estufa, y hasta lo es en algún sentido, pero desde su rostro simple le está sonriendo a usted la antiquísima Esfinge. Ella también es portadora de una idea; también es una voz de lo divino. Por eso se la quiere, por eso se la tributa admiración. Por eso calienta poco y sólo accidentalmente. Por eso se llama *Franklin*.

LAS METAMORFOSIS DE PÍCTOR

Apenas había caminado unos pasos por el paraíso cuando Píctor se dio de bruces con un árbol que era hombre y mujer a la vez. Saludó al árbol con deferencia y dijo:

—¿Eres tú el árbol de la vida?

Pero cuando vio que quien se aprestaba a responder era la serpiente en lugar del árbol, dio media vuelta y prosiguió su camino. Era todo ojos: ¡le gustaba todo tanto! Sintió intensamente que se encontraba en la fuente y origen de la vida.

Se topó con otro árbol, que era sol y luna a la vez. Y dijo Píctor:

—¿Eres tú el árbol de la vida?

El sol asintió riendo, la luna asintió sonriendo.

Las flores más maravillosas le miraban, con los colores y reflejos más variados, con los ojos y los rostros más diversos. Algunas asentían riendo, otras asentían sonriendo, otras no asentían ni sonreían: callaban arrobadas, ensimismadas, como en su propio aroma ahogadas. Una cantaba la canción de las lilas, otra la canción de cuna azul marino. Una flor tenía unos inmensos ojos azules, otra le recordó a su primer amor. Una olía al jardín de la infancia, su perfume suave resonaba como la voz de su madre. Otra se burló de él y le sacó la lengua, una lengua muy roja y arqueada. La lamió, tenía un sabor fuerte y silvestre, sabía a resina y a miel, y también a beso de mujer.

Allí estaba Píctor, entre todas las flores, desbordante de nostalgia y de temerosa alegría. Su corazón apesadumbrado latía con fuerza, como si fuera una campana; ardía en deseo por lo desconocido, presintiendo un encantamiento.

Píctor vio un pájaro sentado, lo vio en la hierba posado, y de mil colores pintado; de todos los colores parecía el hermoso pájaro estar dotado. Preguntó al hermoso pájaro multicolor:

—Dime, ¡oh, pájaro! ¿Dónde está la felicidad?

—La felicidad —dijo el hermoso pájaro riendo con su pico de oro —, la felicidad, amigo mío, no hay donde no se halle, en la montaña y en el valle, y se encuentra por un igual en la flor y en el cristal.

Tras estas palabras, el pájaro risueño sacudió su plumaje, estiró el cuello, meneó la cola, guiñó el ojo, volvió a reír, y después permaneció inmóvil, sentado en la hierba y, mira por donde, el pájaro quedó convertido en una flor multicolor, sus plumas transformadas en hojas y sus patas en raíces. Con sus resplandores, y el fulgor de sus colores, era ahora flor entre las flores. Píctor se lo quedó mirando maravillado.

Y justo después, el pájaro–flor sacudió sus hojas y sus hilos de polvo, ya estaba harto del reino de las flores. Dejó de tener raíces, se movió con suavidad, y lentamente se elevó por los aires; se había convertido en una mariposa que se balanceó sin peso ni luz, como un ente reluciente, de rostro resplandeciente. Píctor abría ojos como platos.

Pero la nueva mariposa, el risueño pájaro-flor-mariposa multicolor de rostro resplandeciente, revoloteó en torno al asombrado Píctor, relampagueó con el sol, y después se dejó caer suavemente como un copo ingrávido a tierra, pegadito a los pies de Píctor, respiró tiernamente, se estremeció ligeramente agitando sus alas deslumbrantes, y en el acto se transformó en un cristal de colores cuyas aristas despedían una luz rojiza. Sobre la hierba verde, la gema rojiza resplandecía maravillosamente con la claridad de un alegre repique de campanas. Pero parecía como si su hogar, las entrañas de la tierra, la estuviera llamando, pues muy pronto se volvió diminuta, a punto de desaparecer.

Entonces Píctor, presa de un deseo irresistible, se apoderó de la piedra minúscula. Maravillado, contemplaba su mágico resplandor que parecía un anticipo de todas las dichas que iban a colmar su corazón.

De repente la serpiente se enroscó en la rama de un árbol muerto y le susurró al oído:

—Esta piedra te metamorfoseará en lo que tú quieras. Dile rápido tu deseo, ¡antes de que sea tarde!

Píctor se sobresaltó y tuvo miedo de que se le escapara su felicidad. Rápidamente pronunció la palabra y se metamorfoseó en árbol. Pues ya había soñado alguna vez con ser árbol, porque los árboles le parecían la encarnación de la placidez, de la fuerza y de la dignidad.

Píctor se convirtió en árbol. Sus raíces se hundieron en la tierra y creció en altura, y de sus miembros brotaron ramas y hojas. Estaba la mar de satisfecho con su suerte. Sus fibras sedientas absorbieron el frescor profundo de la tierra y sus hojas ligeras se mecieron allá arriba en el azul del cielo. Los insectos instalaron su morada en su corteza, a sus pies anidaron liebres y erizos, y pájaros en sus ramas.

El árbol Píctor era feliz y no contaba los años que iban transcurriendo. Pasaron muchos antes de que se diera cuenta de que su felicidad no era perfecta. Poco a poco, sólo lentamente, fue aprendiendo a considerar las cosas con ojos de árbol. Por fin, acabó viéndolo todo claro y se puso triste.

Vio que casi todos los seres a su alrededor, en el paraíso, se metamorfoseaban con frecuencia, e incluso que todo discurría en una corriente mágica de eterna metamorfosis. Vio flores que se transformaban en piedras preciosas, o que alzaban el vuelo convertidas en resplandecientes pájaros. Vio muy cerca de él a muchos árboles que de repente desaparecían: uno se había fundido en un manantial, otro se había transformado en cocodrilo, otro, convertido en pez, nadaba alegre y feliz, desbordante de voluptuosos deseos, y pletórico se lanzaba a nuevos juegos con renovadas energías. Había elefantes que intercambiaban su ropaje con rocas, y jirafas su cuerpo con flores.

Pero él, el árbol Píctor, permanecía inalterable, él no podía ya metamorfosearse. Desde que había tomado conciencia de su inmutabilidad, toda su felicidad se había volatilizado; empezó a envejecer, y cada vez fue adoptando más y más esa actitud cansada, seria y preocupada que suele observarse en la mayoría de los árboles viejos. También suele observarse en los caballos, los pájaros, los humanos y en todas las criaturas: cuando no poseen el don de metamorfosearse, se sumen con el tiempo en la tris-

136

teza y en la preocupación y acaban perdiendo su belleza y hermosura.

Pero un día pasó por aquel rincón del paraíso una joven de rubios cabellos vestida de azul. Entre canciones y bailes, la hermosa rubia corría entre los árboles, y hasta entonces jamás se le había ocurrido plantearse si deseaba poseer el don de la metamorfosis.

Más de un mono sabio sonreía a sus espaldas, algunos matorrales la acariciaban con sus ramas, algún que otro árbol le tiraba una flor, o una nuez, o una manzana sin que ella le hiciera el más mínimo caso.

Cuando el árbol Píctor vio a la joven, una nostalgia inmensa se apoderó de él, un ansia de felicidad como no la había conocido hasta entonces. Y al mismo tiempo se sumió en una profunda reflexión, pues le pareció oír su propia sangre que le gritaba:

—¡Acuérdate! Acuérdate de toda tu existencia en este momento. Encuéntrale el sentido, si no será demasiado tarde y nunca jamás volverás a encontrar la felicidad.

Y obedeció. Lo recordó todo, su origen, sus años de ser humano, su mudanza al paraíso y muy particularmente aquel instante en el que se había metamorfoseado en árbol, aquel instante maravilloso en el que había tenido la piedra mágica en la palma de la mano. En aquel momento, cuando todas las posibilidades de metamorfosis se abrían ante él, ¡nunca antes había ardido así en su interior la vida! Pensó en el pájaro que se había reído, en el árbol que era sol y luna a la vez: tuvo entonces la intuición de que antaño algo se le había escapado, de que había olvidado algo y de que la serpiente no le había aconsejado bien.

La muchacha oyó un murmullo en las hojas del árbol Píctor. Alzó la mirada y la embargaron, con un repentino dolor de corazón, nuevos pensamientos, nuevas ansias, nuevos sueños que despertaban dentro de su ser. Impulsada por una fuerza desconocida, se sentó al pie del árbol. Le pareció muy solitario, solitario y triste, no obstante hermoso, conmovedor y noble en su silenciosa tristeza; seductora le sonó la suave melodía del murmullo tembloroso de su copa. Apoyó su cuerpo contra el tronco rugoso, sintió que el árbol se estremecía profundamente, sintió el mismo estremecimiento en su propio corazón. Un extraño dolor percibió en su corazón; corrían las nubes por el cielo de su alma; y lentamente unas lágrimas pesadas fluyeron de sus ojos. ¿Qué estaba pasando? ¿Por qué tanto sufrimiento? ¿Por qué anhelaba su corazón salírsele del pecho para saltar hacia él y fundirse en él, en el hermoso árbol solitario?

El árbol se estremeció suavemente hasta la raíz, debido al esfuerzo realizado para concentrar toda su fuerza vital y proyectarla hacia la muchacha, en el abrasador anhelo de la unión. ¡Ay! ¡Haberse dejado engañar por la serpiente y haberse convertido para siempre en un árbol solitario! ¡Qué ciego, qué insensato había sido! ¿Acaso tan ignorante había sido, tan ajeno al secreto de la vida había permanecido? No, ya lo había intuido oscuramente entonces, confusamente ya lo ha presentido —¡ay, con qué pesar recordó y comprendió entonces al árbol que era hombre y mujer a la vez!

Pasó volando un pájaro, era rojo y verde el pájaro que pasó, y alrededor del árbol voló, el hermoso y valiente pájaro. La muchacha lo siguió con la mirada, vio que de su pico caía algo, rojo como la sangre, rojo como las brasas, que caía y relucía en la hierba verde, con unos destellos rojos tan poderosos que la muchacha se agachó, y en la hierba la piedra roja recogió. Era un carbunclo, era un rubí, y donde hay un carbunclo, oscuridad no puede haber allí.

Apenas la muchacha hubo recogido la piedra mágica en su mano blanca que el deseo anhelado que henchía su corazón se realizó. La joven se volatilizó, se fundió, formó una sola cosa con el árbol. Una rama joven y vigorosa brotó del tronco y deprisa se disparó hacia arriba hasta él.

Ahora todo estaba como ha de estar, todo estaba en su lugar, el mundo estaba en orden, por fin había encontrado el paraíso. Píctor dejó de ser un árbol viejo y preocupado. Ahora cantaba a voz en grito: ¡Pictoria! ¡Victoria!

Estaba metamorfoseado. Y debido a que, esta vez, por fin había sabido encontrar la metamorfosis eterna, debido a que de una mitad había hecho un todo, a partir de aquel momento podía seguir metamorfoseándose cuanto quisiera. La corriente mágica del devenir fluyó perenne por sus venas y para siempre formó parte de la constante y permanente creación eterna.

Se transformó en ciervo, se transformó en pez, se transformó en ser humano y en serpiente, y también en nube y en pájaro. Pero bajo cualquier apariencia, siempre formó un todo, una pareja, sol y luna, hombre y mujer, y como ríos gemelos fluyó a través de las tierras y como estrellas gemelas brilló en el firmamento.

RASTRO DE UN SUEÑO
Notas

Érase un hombre que practicaba el poco respetable oficio de escritor de amenidades. Formaba parte, empero, de aquel reducido número de literatos que, en la medida de lo posible, toman en serio su profesión, y a quienes algunos entusiastas manifiestan un respeto semejante al que solía ofrecerse a los verdaderos poetas en tiempos pasados, cuando aún existían poesías y poetas. Este literato escribía todo tipo de cosas agradables, novelas, relatos y también poemas, y se esforzaba todo lo imaginable por hacerlo bien. Sin embargo, raras veces lograba ver satisfecha su ambición, ya que, aun cuando se tenía por humilde, caía presuntuosamente en el error de no tomar como medida de comparación a sus colegas y contemporáneos, los otros escritores de amenidades, sino a los poetas del pasado —o sea, aquellos ya consagrados durante generaciones—. Y, en consecuencia, una y otra vez debía reconocer con aflicción que incluso la mejor y más afortunada página por él escrita quedaba muy a la zaga de la frase o verso más recóndito de cualquier verdadero poeta. Así, su insatisfacción iba en aumento y su trabajo llegó a no complacerle en absoluto. Y si bien aún escribía alguna pequeñez de vez en cuando, sólo lo hacía con objeto de expresar esta insatisfacción y aridez interior y darles salida en forma de amargas críticas a su época y a sí mismo. Con ello, naturalmente, no mejoraban las cosas. A veces también intentaba emprender el retorno a los jardines encantados de la poética pura y rendía homenaje a la belleza en hermosas creaciones lingüísticas, en las que erigía esmerados monumentos a la naturaleza, las mujeres, la amistad. Y en efecto, estas composiciones tenían cierta música y una semejanza con la auténtica poesía de los poetas auténticos, en los que hacían pensar, tal como un amor o una emoción pasajeros pueden, ocasionalmente, recordar a un hombre de negocios y de mundo el espíritu que ha perdido.

Un día de la temporada que media entre el invierno y la primavera, este escritor, que tanto hubiese deseado ser poeta y a quien muchos incluso tenían por tal, estaba sentado una vez más ante su mesa de trabajo. Como de costumbre, se había levantado tarde, no antes de mediodía, después de pasar la mitad de la noche leyendo. Estaba sentado, con la mirada fija en el punto del papel donde dejara de escribir el día anterior. El papel decía cosas inteligentes, expuestas en un lenguaje ágil y cultivado, contenía ideas sutiles, ingeniosas descripciones, de las líneas y páginas se desprendía más de un hermoso cohete y alguna esfera luminosa, en ellas resonaba más de un sentimiento delicado... pero, no obstante, lo que leyó en su escrito decepcionó al escritor. Desengañado contempló lo que comenzara la víspera con cierta alegría y entusiasmo, lo que durante una hora crepuscular semejara narrativa, para convertirse otra vez en literatura de la noche a la mañana, un enojoso papel escrito que, en realidad, daba lástima.

Como tantas otras veces a esta hora algo lastimera del mediodía, percibió y consideró su situación extraordinariamente tragicómica, su necia aspiración secreta a una auténtica composición poética (cuando en la realidad actual no existía ni podía existir auténtica poesía) y las fatigas infantiles y tontamente inútiles que sufría por su deseo de crear, con ayuda de su amor a la antigua poesía, con ayuda de su gran cultura, de su delicado oído para las palabras de los auténticos poetas, algo que estuviese a la altura de la antigua poesía o se asemejase a la misma hasta el punto de inducir a confusión (cuando sabía perfectamente que es imposible crear nada a base de cultura e imitación).

También sabía a medias y hasta cierto punto tenía conciencia de que esta ambición sin esperanza y esta ilusión infantil que inspiraba todos sus esfuerzos no constituía en modo alguno una situación particular y personal, sino que cada ser humano, incluso el de apariencia normal, incluso el que aparentemente era afortunado y feliz, abrigaba la misma aridez y el mismo desesperado desengaño; que cada hombre buscaba constante y continuamente algo imposible; que incluso el menos atractivo acariciaba el ideal de Adonis, el más tonto el ideal de sabio, el más pobre la ilusión de Creso. Sí, incluso sabía a medias que ese tan venerado ideal de la «auténtica poesía» no significaba nada, que Goethe consideraba a Homero o a Shakespeare como algo inalcanzable con el mismo desánimo con que un literato actual podría contemplar a Goethe, y que el concepto de «poeta» no era más que una abstracción vacía; que también Homero y Shakespeare habían sido sólo literatos, especialis-

tas dotados, que lograron prestar a sus obras esa apariencia de lo suprapersonal y eterno. Sabía todo esto a medias, como suelen saber estas cosas evidentes y terribles
las personas inteligentes y habituadas a pensar. Sabía o in-
tuía que también una parte de sus propias tentativas de
escritor causarían a lectores de épocas posteriores la impresión de «auténtica poesía», que tal vez literatos posteriores pensarían con nostalgia en él y su época como si
de una edad de oro se tratase, en la que aún hubieran
existido verdaderos poetas, verdaderos sentimientos, hombres verdaderos, una verdadera naturaleza y un verdadero espíritu. Como él bien sabía, ya el apacible pro-
vinciano de la época feudal y el gordo burgués de una
pequeña ciudad medieval habían comparado con idén-
tica actitud crítica y sentimental su propia época refinada y corrupta con un ayer inocente, ingenuo, espiritual, y habían considerado a sus antepasados y su modo
de vida con la misma mezcla de envidia y compasión con
que el hombre actual tendía a considerar la bienaven-
turada época anterior al invento de la máquina de vapor.

Al literato le eran familiares todos estos pensamientos,
conocidas todas estas verdades. Lo sabía: el mismo juego,
el mismo anhelo ávido, noble, sin esperanza, de algo auténtico, eterno, valioso en sí mismo, que le impulsaba a
llenar hojas de papel escrito, empujaba también a todos
los demás, al general, al ministro, al diputado, a la elegante dama, al aprendiz de tendero. Todos los hombres, ilu-
minados por secretas ilusiones, cegados por ideas pre-
concebidas, seducidos por ideales, anhelaban de algún
modo, muy inteligente o muy tonto, poco importaba, salir de sí mismos y de los límites de lo posible. No había

teniente que no llevase consigo la imagen de Napoleón...
ni Napoleón que en su época no se sintiera como un imi-
tador, no considerara sus hazañas medallas de juguete, sus
objetivos ilusiones. Nadie había quedado fuera de ese baile. Nadie tampoco había dejado de experimentar en algún momento, a través de alguna hendidura, la certeza
de ese engaño. Ciertamente existían los perfectos, los dioses humanos, habían existido Buda, Jesús, Sócrates. Pero
incluso ellos sólo habían alcanzado la plenitud y habían
sido penetrados totalmente por la omnisciencia en un
único instante: el instante de su muerte. En efecto, su
muerte no había sido más que la última penetración del
conocimiento, el último don por fin logrado. Y posiblemente cada muerte tenía ese significado, posiblemente
cada moribundo era una persona que estaba alcanzando
su plenitud, que desechaba el engaño de la muerte, que
se abandonaba, que no deseaba ser nada.

Este tipo de reflexiones, aun cuando tan poco com-
plicadas, estorban mucho los esfuerzos, las acciones del
hombre, su continua participación en su juego. Y así,
el trabajo del poeta aplicado tampoco progresaba mucho a esa hora. No existía palabra alguna que merecie-
ra ser escrita, ni pensamiento alguno que realmente fuese necesario comunicar. No, era una lástima desperdiciar
papel, más valía dejarlo sin escribir.

El literato apartó la pluma y guardó sus papeles en el
cajón con esa sensación; de haber tenido un fuego a mano, los hubiese arrojado al mismo. La situación no era
nueva; se trataba de una desesperación paladeada ya con
frecuencia, que ya había sido domada y al mismo tiempo había adquirido una cierta resistencia. Se lavó las ma-

nos, se puso el abrigo y el sombrero, y salió. Cambiar de lugar era uno de sus recursos largo tiempo acreditados; sabía que no era bueno permanecer largo rato en la misma habitación con todo el papel escrito y en blanco cuando se hallaba en ese estado de ánimo. Más valía salir, tomar el aire y ejercitar la vista en las escenas callejeras. Podía suceder que le viniese al encuentro una mujer hermosa o que topase con un amigo, que una horda de colegiales o cualquier entretenimiento gracioso de un escaparate le llevaran a cambiar de pensamientos, podía resultar que en una esquina le atropellase el automóvil de uno de los señores de este mundo, de un editor de periódicos o de un rico panadero: meras posibilidades de cambiar de situación, de crear nuevas circunstancias.

Vagabundeó lentamente en medio del aire casi primaveral, vio matas de campanillas que inclinaban la cabeza en los tristes y reducidos céspedes plantados frente a las casas de pisos, respiró el húmedo y tibio aire de marzo, que le indujo a dirigirse a un parque. Allí se sentó en un banco, al sol, entre los árboles deshojados, cerró los ojos y se entregó al juego de los sentidos a esa hora soleada de primavera temprana: qué suave el contacto del viento en las mejillas, qué hirviente ya el sol lleno de oculto ardor, qué penetrante e inquieto el olor de la tierra, qué alegres los pasos infantiles que de tanto en tanto pisaban juguetones la arena de los senderos, qué cariñoso y perfectamente dulce el canto de un mirlo en algún lugar del desnudo arbolado. Sí, todo era muy hermoso, y puesto que la primavera, el sol, los niños, el mirlo no eran más que cosas muy antiguas, que ya habían alegrado al hombre millares y millares de años atrás, en realidad resultaba incomprensible que en el momento presente no fuese posible escribir un poema de primavera tan hermoso como los compuestos hacía cincuenta o cien años. Y sin embargo no era así. El más tenue recuerdo de la canción de primavera de Uhland (naturalmente con la música de Schubert, cuya fabulosa obertura, tan penetrante y conmovedora, sabía a primavera temprana) bastaba para indicar a un poeta actual que esas cosas cautivadoras ya habían sido narradas por el momento y que no tenía sentido querer imitar a toda costa esas creaciones de tan insuperable plenitud, que exhalaban bienaventuranza.

En el preciso instante en que sus pensamientos iban a entrar de nuevo en ese viejo derrotero estéril, el poeta frunció los ojos con los párpados cerrados y a través de una pequeña rendija de los ojos —aunque no sólo con éstos— percibió una ligera reverberación y un tenue destello, islas de rayos de sol, reflejos luminosos, espacios de sombra, cielo azul veteado de blanco, un cono centelleante de luces movedizas, lo que cualquiera puede ver al guiñar los ojos, pero reforzado de algún modo, de alguna forma valioso y único, transformado de percepción en experiencia por la acción de alguna sustancia secreta. Lo que centelleaba con múltiples destellos, reverberaba, se desvanecía, ondeaba y batía alas no era un mero tumulto de luz procedente del exterior, y esos fenómenos no se desarrollaban sólo en el ojo, también eran vida, bullente impulso interior, y correspondían al espíritu, al propio destino. Ésta es la manera de ver de los poetas, de los «visionarios»; de este modo embelesador y conmovedor ven quienes han sido alcanzados por Eros. Se había desvanecido el recuerdo de Uhland y Schubert, ya no había un Uhland, ya no había poesía, ya no había pasado, todo era instante eterno, experiencia, verdad íntima.

Entregado a la maravilla, que ya otras veces experimentara, pero para la que creía haber perdido tiempo ha toda vocación y toda gracia, permaneció instantes eternos suspendido en lo intemporal, en la conjunción del mundo y el espíritu, vio moverse las nubes al impulso de su aliento, sintió girar el cálido sol dentro de su pecho.

Pero mientras miraba fijamente con los ojos entornados, abandonado a la rara experiencia, entrecerrando todos los sentidos, pues sabía perfectamente que la corriente fatua procedía del interior, allí cerca, en el suelo, percibió algo que le cautivó. Tardó un rato en advertir, paulatinamente, que se trataba del pequeño pie de una niña. Lo cubría un zapato de cuero marrón y pisaba la arena del sendero con vigor y alegría, apoyando el peso en el tacón. Ese zapatito de niña, ese cuero marrón, esa alegría infantil de la pequeña suela al pisar, ese trocito de media de seda que cubría el tierno tobillo, recordaron algo al poeta, inundaron su corazón de forma repentina y apremiante como si formasen parte del recuerdo de una experiencia importante, pero no logró dar con la clave. Un zapato de niña, un pie de niña, una media de niña: ¿qué importancia tenía todo eso? ¿Dónde se hallaba la pista? ¿Dónde se encontraba el manantial de su espíritu que respondía ante esa imagen entre millones, la acariciaba, la atraía, la tenía por cosa cara e importante? Abrió del todo los ojos un instante y pudo ver la figura completa de la niña, una niña bonita, por el lapso que dura un medio latido de corazón. Pero inmediatamente advirtió que esa imagen ya nada tenía que ver con él, que no se trataba de la que tenía importancia para él, e involuntariamente, a toda prisa, volvió a cerrar los ojos con tal fuerza que sólo llegó a divisar durante el resto de un instante el pie infantil que desaparecía. Luego cerró completamente los ojos, recordando el pie, palpando su significado, pero sin saberlo, afligido por esa búsqueda inútil, satisfecho por la fuerza de esa imagen en su espíritu. En algún lugar, en algún momento, había percibido ese piececito en el zapato marrón, esa imagen ahogada luego por las experiencias. ¿Cuándo había sucedido eso? Oh, debía haber ocurrido mucho tiempo atrás, en su prehistoria, tan lejano semejaba, tan remoto se le aparecía, procedente de una profundidad tan inconcebible, tan hondo había caído en el pozo de sus pensamientos. Era posible que lo hubiera llevado consigo, perdido y jamás reencontrado hasta ese día, desde su primera infancia, desde aquella época fabulosa cuyos recuerdos aparecen todos tan borrosos e irrepresentables y tan difíciles de invocar, y sin embargo resultan más llenos de colorido, más cálidos y más plenos que todos los recuerdos posteriores. Meció largo rato la cabeza, cerrados los ojos, mucho tiempo estuvo reflexionando y una y otra vez, vio perfilarse ese, aquel hilo, esa serie, aquella cadena de vivencias, pero la niña, el zapatito marrón, no se adecuaban a ninguna de ellas. No, no podía dar con ello, era inútil proseguir esa búsqueda.

Hurgaba entre los recuerdos afectado por el mismo error de óptica que sufre aquel que no logra reconocer lo que tiene muy próximo, porque lo cree muy distante y por consiguiente confunde todas las formas. Pero en cuanto renunció a sus esfuerzos, dispuesto ya a dejar esa ridícula pequeña vivencia y a olvidarlo todo, cambió la situación y el zapatito se situó en la perspectiva adecuada. De súbito, con un profundo suspiro, el hombre advirtió que el zapatito no estaba debajo de todo en el atestado cuarto de imágenes de su ser íntimo, que no formaba parte de las posesiones más antiguas, sino que era una adquisición muy nueva y reciente. Le parecía que hacía sólo unas horas que había tenido relación con esa niña, que prácticamente acababa de ver correr ese zapato.

Y entonces, de golpe, lo supo. Sí, claro que sí; eso era, ahí estaba la niña que correspondía al zapato, y ésta formaba parte del fragmento de un sueño que el escritor había tenido la noche pasada. Dios mío, ¿cómo era posible olvidar de ese modo? Se había despertado en medio de la noche, lleno de felicidad y conmovido por la fuerza secreta de su sueño, con la sensación de haber adquirido una experiencia importante, magnífica... y al cabo de poco se había vuelto a dormir, y una hora de sueño matutino había sido suficiente para borrar otra vez toda la magnífica experiencia, de tal forma que no la había recordado más hasta que se la rememorara la visión fugaz de un pie de niña. ¡Tan fugaces, tan pasajeras, tan presas del azar resultaban las experiencias más profundas, más maravillosas del espíritu! E incluso en esos momentos no lograba reconstruir todo el sueño de la pasada noche. Sólo quedaban escenas sueltas, en parte inconexas, algunas frescas y llenas de vitalidad, otras ya grises y polvorientas, captadas ya en proceso de desvanecimiento. Pero ¡qué hermoso, qué profundo, qué exaltante había sido el sueño! ¡Cómo le había latido el corazón al despertar por primera vez, embelesado e inquieto como en las festividades de la infancia! ¡Cómo le había inundado la viva sensación de haber experimentado algo noble, importante, inolvidable, imposible de perder! ¡Y un par de horas más tarde sólo le quedaba ese fragmento, ese par de imágenes ya desvaídas, ese débil eco en el corazón; el resto se había perdido, había pasado, ya no tenía vida!

Al menos ese poco se habría salvado de forma definitiva. El escritor tomó en seguida la decisión de recolectar todo lo que aún quedase del sueño en sus recuerdos y transcribirlo con la máxima fidelidad y exactitud posibles. En el acto sacó una libreta del bolsillo y tomó las primeras notas a fin de recuperar como pudiese la estructura y el entorno de todo el sueño, sus líneas principales. Pero de nada le sirvió. Ya no le era posible identificar ni el comienzo ni el final del sueño, y no sabía el lugar que ocupaban dentro de la historia soñada la mayor parte de los fragmentos aún a mano. No, era preciso comenzar de otra forma. Ante todo debía salvar lo que aún estaba a su alcance, debía retener enseguida el par de imágenes aún vivas –sobre todo el zapatito– antes de que también saliesen volando, tímidas aves encantadas.

Del mismo modo que un excavador intenta descifrar la inscripción que ha hallado en una antigua lápida a partir de las pocas letras o signos que aún resultan comprensibles, nuestro hombre deseaba leer su sueño recomponiéndolo pedazo a pedazo.

En el sueño se había relacionado de algún modo con una niña, una niña extraordinaria, tal vez no verdaderamente hermosa, pero maravillosa en algún sentido, una niña de unos trece o catorce años, pero que aparentaba tener menos. Tenía el rostro tostado por el sol. ¿Los ojos? No, no podía verlos. ¿El nombre? Desconocido. ¿Relación con él, la persona que soñaba? ¡Alto, ahí estaba el zapatito marrón! Vio el mismo pie que se movía acompañado de su hermano gemelo, lo vio bailar, lo vio dar pasos de baile, los pasos de un boston. Oh, sí, volvía a saber un montón de cosas. Tenía que empezar todo de nuevo.

En resumen: en el sueño había bailado con una maravillosa niña desconocida, una niña de rostro moreno, con zapatos marrones: ¿no lo tenía todo de esa tonalidad? ¿También el cabello? ¿También los ojos? ¿También el vestido? No, eso ya no lo sabía; era de suponer, parecía posible, pero no era seguro. Debía mantenerse dentro de los límites de lo seguro, de lo que daba base real a sus reflexiones, de lo contrario perdía todo punto de referencia. Ya entonces comenzó a intuir que esa investigación del sueño lo llevaría muy lejos, que había emprendido un camino largo, sin fin. Y precisamente entonces dio con otro fragmento.

Sí, había bailado con la pequeña, o había querido, o debido, bailar con ella, y la niña había ejecutado, todavía por su cuenta, una serie de lozanos pasos de baile, muy elásticos y dotados de una energía encantadora. ¿Habían llegado a bailar en realidad los dos? ¿No lo había hecho ella sola? No. No, él no había bailado, sólo había querido hacerlo, más aún, había acordado con alguien que bailaría con esa morenita. Pero después ella había comenzado a bailar sola, sin él, y él había sentido cierto temor o timidez ante la idea de bailar; se trataba de un boston, no conocía bien ese baile. No obstante, ella había empezado a bailar, sola, juguetona, sus zapatitos marrones habían descrito cuidadosamente, con un ritmo maravilloso, las figuras del baile sobre la alfombra. Pero ¿por qué no había bailado también él? O ¿por qué había deseado bailar en un principio? ¿Qué acuerdo había sido ése? No logró descubrirlo.

Se hizo otra pregunta: ¿qué aspecto tenía la simpática muchachita? ¿A quién le recordaba? Pensó largo rato en vano, todo parecía inútil otra vez, y por un momento llegó a impacientarse y a irritarse, estuvo a punto de dejarlo correr de nuevo. Pero ya comenzaba a aparecer una nueva idea, se divisaba otro rastro. La pequeña se parecía a su amada... oh, no, no se le parecía, incluso le había sorprendido encontrarla tan distinta, pese a ser efectivamente su hermana. ¡Alto! ¿Su hermana? Oh, ahora todo el rastro resultaba claro otra vez, todo adquiría sentido, todo estaba de nuevo al descubierto. Volvió a comenzar las notas, entusiasmado con la inscripción que de pronto empezaba a perfilarse, profundamente conmovido por la recuperación de las imágenes que creía perdidas.

Había sucedido así: en el sueño había aparecido su amada, Magda, y no se había mostrado pendenciera y malhumorada como en los últimos tiempos, sino extraordinariamente amable, algo callada, pero alegre y bonita. Magda le había recibido con una curiosa ternura silenciosa, le había dado la mano, sin un beso, y le había explicado que deseaba presentarle por fin a su madre; y además de la madre había conocido a la hermana pequeña, que estaba destinada a ser más tarde su amada y esposa. La hermana era mucho más joven y le gustaba el baile; la mejor forma de conquistarla sería bailar con ella.

¡Qué hermosa había aparecido Magda en ese sueño! ¡Cómo había brillado en sus ojos, en su frente clara, en su espesa cabellera fragante todo lo extraordinario, adorable, espiritual, tierno de su ser, tal como él lo viviera en las primeras imágenes que de ella se formara en la época de máximo amor!

Y entonces, en el sueño, le había llevado a una casa, a su casa, a la casa de su madre y de su infancia, a la casa de su espíritu, para que viera a su madre y a su hermanita más bonita, para que conociera a esa hermana y la amase, puesto que le estaba destinada como amada. Pero ya no podía recordar la casa, sólo un vestíbulo vacío en el que tuvo que esperar, y tampoco podía representarse ya a la madre; al fondo sólo se vislumbraba una mujer de edad, una ama o enfermera, vestida de gris o de negro. Pero entonces había venido la pequeña, la hermana, una niña encantadora, de unos diez u once años pero cuya manera de ser parecía de catorce. En particular, su pie resultaba tan infantil en el zapato marrón, tan absolutamente inocente, risueño e incauto, tan poco aseñorado y, sin embargo, ¡tan femenino! Había recibido su saludo con simpatía, y a partir de ese momento Magda había desaparecido, sólo quedaba la pequeña. Recordando el consejo de Magda, la había invitado a bailar. Y ella había aceptado en seguida, arrebolada, y había comenzado a bailar, sola, sin vacilación, y él no había osado enlazarla y bailar con ella, en primer lugar porque resultaba tan bella y perfecta en su danza infantil, y también porque bailaba un boston, un baile que no era su fuerte.

En medio de sus esfuerzos por recuperar las imágenes del sueño, el literato tuvo que reírse un instante de sí mismo. Le vino a la memoria que poco antes aún había estado pensando en lo inútil que resultaba esforzarse por componer un nuevo poema de primavera, considerando que todo eso ya había sido dicho antes de forma insuperable; pero al recordar el pie de la niña cuando bailaba, los ligeros movimientos adorables del zapatito marrón, la nitidez del paso de baile que trazaba sobre la alfombra, y el hecho de que, no obstante, toda esa hermosa gracia y seguridad estaba cubierta de una capa de timidez, de un olor de vergüenza infantil, comprendió que bastaba componer un canto a este pie de niña para superar todo lo que habían dicho los poetas anteriores sobre la primavera y la juventud y el presentimiento del amor. Pero en cuanto sus reflexiones comenzaron a perderse por esos derroteros, en cuanto comenzó a jugar distraído con la idea de un poema «A un pie en un zapato marrón», percibió con temor que todo el sueño estaba a punto de escapársele de nuevo, que todas las imágenes anímicas perdían densidad y se esfumaban. Angustiado, impuso orden en sus ideas, advirtiendo, empero, que en ese momento, aun cuando hubiese tomado nota de su contenido, el sueño había dejado de pertenecerle por completo, que comenzaba a hacerse viejo y extraño. Y al instante tuvo también la sensación de que siempre sucedería lo mismo: que esas encantadoras imágenes sólo le pertenecerían e impregnarían su espíritu con su fragancia mientras permaneciese junto a ellas de todo corazón, sin otras ideas, sin proyectos, sin preocupaciones.

El poeta emprendió el camino de regreso pensativo, transportando el sueño ante sí como si se tratase de un juguete infinitamente frágil, hecho de finísimo cristal. Iba lleno de inquietud por su sueño. ¡Ay, si sólo lograse volver a reconstruir plenamente la figura de la amada del sueño! Recomponer el todo a partir del zapato marrón, del paso de baile, del resplandor del rostro moreno de la pequeña, a partir de esos escasos y preciosos restos, le parecía lo más importante del mundo. Y, de hecho, ¿no le había sido prometido como amor?, ¿no había nacido en los mejores y más profundos manantiales de su alma?, ¿no se le había aparecido como la imagen de su futuro, como presagio de las posibilidades de su destino, como su más auténtico sueño de dicha? Y mientras se inquietaba, muy en el fondo se sentía, empero, infinitamente feliz. ¿No era maravilloso que fuese posible soñar tales cosas, que uno llevase consigo ese mundo hecho de la más etérea materia mágica, que en el alma, tantas veces escudriñada con desespero en busca de algún resto de fe, de alegría, de vida, que en esa alma pudiesen brotar tales flores?

Al llegar a casa, el literato cerró la puerta tras sí y se echó en un diván. Libreta en mano, releyó atentamente las anotaciones y descubrió que de nada le servían, que no ofrecían nada, que sólo creaban obstáculos y confusión. Arrancó las hojas y las destruyó meticulosamente, al tiempo que decidía no concentrarse, y súbitamente volvió a encontrarse esperando en ese vestíbulo vacío de la casa desconocida; al fondo divisó a una señora de edad, vestida de negro, que caminaba arriba y abajo muy inquieta, volvió a percibir el momento predestinado: Magda acababa de salir en busca de su nueva amada, más joven, más hermosa, la verdadera y eterna amada. La mujer lo contempló amable y preocupada, y bajo sus facciones y bajo su vestido gris aparecieron otras facciones y otros vestidos, rostros de amas y enfermeras de su propia infancia, el rostro y la bata gris de su madre. Y sintió que el futuro, el amor, también le salían al encuentro en esa casa de recuerdos, en ese círculo de imágenes maternales, fraternales. Al amparo de ese vestíbulo vacío, bajo las miradas de preocupadas, amables, fieles madres y Magdas, había crecido la niña cuyo amor debía favorecerlo, cuya posesión debía hacer su dicha, cuyo futuro también sería el suyo.

Y vio también cómo extraordinariamente tierna y sincera, sin un beso, lo saludaba Magda; su rostro encerraba de nuevo, bajo la luz dorada del crepúsculo, todo el encanto que antaño ofreciera para él; en el momento de la renuncia y la separación refulgía una vez más tan adorable como en sus tiempos más bienaventurados; su rostro más denso y profundo anticipaba a la más joven, la más hermosa, la auténtica, la única, a la que había venido a presentarle y ayudarle a conquistar. Parecía la propia imagen del amor, con su humildad, su capacidad de transformación, su magia entre maternal e infantil. Su rostro reunía todo lo que un día viera, soñara, deseara y cantara en esa mujer, toda la transfiguración y la adoración que le había aportado en la época cumbre de su amor; toda su alma, unida a su propio amor, se había hecho rostro, fulguraba visiblemente en las facciones sinceras, queridas, sonreía triste y amistosa por sus ojos. ¿Sería posible decir adiós a tal amada? Pero la mirada de ella decía que era preciso despedirse, que debía suceder algo nuevo.

Y lo nuevo entró sobre ágiles piececitos: entró la hermana, pero no se le veía el rostro, nada se le veía claramente excepto que era pequeña y graciosa, que llevaba zapatos marrones, que tenía el rostro moreno y que sus vestidos eran castaños, y que sabía bailar con una perfección embelesadora. Y además el boston, el baile que su futuro amante no sabía nada bien. Nada podía expresar mejor la superioridad de la niña sobre el adulto —experimentado, con frecuencia desengañado— que el hecho de que bailase con tanta ligereza y gracia y perfección, ¡y además el baile que él no dominaba, en el que él no tenía esperanza de superarla!

El literato pasó todo el día ocupado con su sueño, y cuanto más profundizaba en él, más bello le resultaba, más le parecía que superaba todas las composiciones de los mejores poetas. Mucho tiempo, durante días enteros, acarició deseos y planes de escribir este sueño de forma que manifestase esa infinita belleza, profundidad e intimidad, no sólo para el que lo soñara, sino también para otros. Tardó en abandonar estos deseos y esfuerzos y en comprender que debía contentarse, en su interior, con ser un verdadero poeta, un soñador, un visionario de espíritu, pero que su obra debería seguir siendo la de un simple literato.

ENTRE LOS MASAGETAS

Pese a que mi patria —si es que yo tengo patria— aventaja sin género de duda al resto de los países del globo terráqueo en encantos y espléndidas realidades de todo tipo, desde hace algún tiempo volví a sentir la comezón de viajar e hice un viaje al lejano país de los masagetas, que no había visitado desde la época del descubrimiento de la pólvora. Experimentaba curiosidad por ver hasta qué punto este pueblo tan famoso y valiente, cuyos guerreros antaño derrotaran al gran Ciro, había podido evolucionar y adaptarse a los usos de los tiempos que corren.

Y, efectivamente, en modo alguno quedé defraudado en mis expectativas sobre los intrépidos masagetas. Al igual que otros países que tienen la ambición de contarse entre los más avanzados, últimamente el país de los masagetas suele destacar a un reportero para todo visitante extranjero que se acerca a sus fronteras... sin perjuicio, naturalmente, de aquellos casos en que se trata de personas significadas, respetables y distinguidas, a las cuales se les tributa, como es obvio, más altos honores, siempre según su categoría. Si se trata de boxeadores o futbolistas, son recibidos por el ministro de Sanidad, si de nadadores, por el ministro de Cultura, y si poseen el título de campeones mundiales, son recibidos por el propio presidente de la nación o por su representante. A mí no me dedicaron tales atenciones; yo era literato, y en la frontera me salió al encuentro un simple periodista, un joven agradable, de bella estampa, que me rogó le hiciera, antes de entrar en el país, una breve exposición de mi ideología y, en particular, de mis opiniones sobre los masagetas. Resulta, pues, que también aquí se había introducido ya este uso tan simpático.

—Señor —le dije—, permítame, ya que no domino su espléndido idioma, que me ciña a lo imprescindible. Mi ideología es la del país que voy a visitar, eso cae de su peso. Por lo que hace a mis conocimientos sobre su célebre país y pueblo, provienen de las mejores y más verídicas fuentes, a saber, del libro Clío del gran Herodoto. Lleno de profunda admiración por la valentía de su poderoso ejército y por la gloriosa memoria de la heroína la reina Tomyris, tuve ya en tiempos pasados el honor de visitar su país y recientemente he querido repetir esta visita.

—Muy reconocido —continuó, un poco más sombrío, el masageta—. Su nombre no nos es desconocido. Nuestro ministerio de Propaganda sigue atentamente todas las declaraciones que se producen en el extranjero acerca de nosotros, y así no ignoramos que usted es autor de un escrito de treinta líneas sobre usos y costumbres de los masagetas que apareció en un periódico. Será para mí un honor acompañarle en este viaje por nuestro país y hacer que usted advierta hasta qué punto han cambiado nuestras costumbres a partir de aquellas fechas.

Su tono de voz un tanto hosco me indicaba que mis anteriores declaraciones sobre los masagetas, a los cuales yo realmente quería y admiraba mucho, no encontraron, ni mucho menos, un eco favorable en el país. Por un momento pensé en volverme, acordándome de la reina Tomyris, que sumergió la cabeza del gran Ciro en un odre lleno de sangre, y de otras hazañas de este pueblo temperamental. Pero al fin yo tenía mi pasaporte y mi visado, y los tiempos de Tomyris ya habían pasado.

–Discúlpeme –dijo mi guía algo más amable– si tengo que insistir en poner en claro su ideología. No es que exista la menor acusación contra usted, pese a que ya visitó anteriormente nuestro país. No, se trata sólo de una formalidad, y en razón de que se ha referido a Herodoto un tanto unilateralmente. Como usted sabe, en tiempos de aquel escritor jónico, muy capacitado por cierto, aún no existía un Servicio de Propaganda y Cultura; por eso sus impresiones, algo frívolas, sobre nuestro país están desfasadas. Lo que no podemos tolerar es que un autor de nuestros días se apoye en Herodoto, y exclusivamente en él... Dígame, pues, señor colega, en pocas palabras qué piensa sobre los masagetas y qué actitud adopta frente a ellos.

–Yo estoy perfectamente enterado, por supuesto, de que los masagetas no solamente son el pueblo más antiguo, más humano, más culto y al mismo tiempo más valeroso de la tierra, de que sus invictos ejércitos son los más grandes, su flota la más poderosa, su carácter el más inflexible a la par que el más amable, sus mujeres las más hermosas, sus escuelas e instituciones públicas las más ejemplares del mundo, sino que además poseen en grado eminente aquella virtud tan apreciada en el mundo entero y que tanto se echa en falta en otros grandes pueblos, a saber, el mostrarse bondadosos y comprensivos con el extranjero, en razón de su misma superioridad, y no esperar del pobre forastero, nacido en un país inferior, que se encuentre a la altura de la perfección masagética. También sobre este punto procuraré informar con toda veracidad en mi patria.

—Muy bien —exclamó mi acompañante con bondad—. En la enumeración de nuestras virtudes usted ha dado, efectivamente, en el clavo o, mejor dicho, en los clavos. Veo que está informado sobre nosotros mejor de lo que aparentaba en un principio, y desde el fondo de nuestro fiel corazón le damos la bienvenida a nuestro hermoso país. Algunos detalles de sus conocimientos requieren todavía un complemento. En particular me ha sorprendido que no hiciera mención de nuestras valiosas aportaciones en dos importantes campos: en el deporte y en el cristianismo. Fue un masageta, señor mío, el que en la competición internacional de salto hacia atrás con los ojos vendados batió el récord mundial con 11,098.

—Efectivamente —mentí cortésmente—, ¿cómo se me ha podido pasar por alto? Pero usted se ha referido también al cristianismo como otro campo en el que su pueblo ha batido récords. ¿Puede proporcionarme informes sobre este punto?

—Por supuesto —contestó el joven—. Quería decir únicamente que sería bien acogido el que en su informe sobre este tema agregase amablemente algún que otro superlativo. Por ejemplo, tenemos un anciano sacerdote en una pequeña ciudad, a orillas del río Araxe, que ha celebrado no menos de 63.000 misas, y en otra ciudad hay una famosa iglesia moderna en la que todo es de cemento, y de cemento indígena: paredes, torre, suelos, columnas, altares, tejado, pila bautismal, púlpito, etcétera, hasta la última lámpara, hasta el cepillo de las ofrendas.

«Ah, ya —pensé para mí—, entonces tenéis también un párroco de cemento que predica desde el púlpito de cemento.» Pero me callé.

—Mire usted —prosiguió mi guía—, le voy a ser sincero. Nos interesa propagar todo lo posible nuestra fama como cristianos. Pese a que nuestro país abrazó desde hace siglos la religión cristiana y no queda ya huella alguna de los antiguos dioses y cultos masagetas, hay un pequeño partido, muy fanático, que quiere introducir, como primer paso, los antiguos dioses de la época del rey de los persas, Ciro, y de la reina Tomyris. Ya sabe, una chifladura de algunos tipos extravagantes; pero la prensa de los países vecinos se ha hecho eco del ridículo asunto y lo relaciona con la reorganización de nuestro ejército. Se sospecha de nosotros en el sentido de que pretendemos suprimir el cristianismo para, en la próxima guerra, desembarazarnos más fácilmente de los últimos reparos contra el empleo de todos los medios de destrucción. Esta es la razón por la que veríamos con agrado que se subraye el espíritu cristiano de nuestro país. Por supuesto que no pretendemos influir en lo más mínimo sobre sus informes objetivos, pero le puedo decir en confianza que su buena disposición para escribir algo sobre nuestro cristianismo podría tener como consecuencia una invitación personal por parte de nuestro Canciller del Imperio. Esto, en confianza.

—Tengo que pensarlo —repuse—. El cristianismo no es mi especialidad...Y ahora me gustaría volver a ver el magnífico monumento que sus antepasados erigieron al heroico Spargapises.

—¿Spargapises? —murmuró mi colega—. ¿Quién es ese personaje?

—El hijo de Tomyris, que no pudo soportar la ignominia de haber sido engañado por Ciro y, al ser hecho prisionero, se quitó la vida.

—Ah, ya —exclamó mi acompañante—, veo que usted aterriza siempre en Herodoto. Sí, aquel monumento era muy hermoso. Desapareció en forma extraña. Mire, nosotros tenemos, como usted sabe, un gran interés por la ciencia, especialmente por los trabajos de investigación sobre la antigüedad, y en relación con el número de kilómetros cuadrados excavados con fines de estudio, nuestro país ocupa en la estadística mundial el tercero o cuarto puesto. Estas importantes excavaciones, que se orientan principalmente a la búsqueda de yacimientos prehistóricos, llegaron hasta las inmediaciones de aquel monumento de la época de Tomyris; y como el terreno prometía grandes hallazgos, sobre todo en huesos de mamuts masagéticos, se intentó excavar a una cierta profundidad del monumento. Y éste se desplomó. Sus restos pueden verse en el Museo Masagético.

Me condujo al coche, que nos esperaba, y en animada conversación viajamos hacia el interior del país.

EL REY YU
Un relato de la antigua China

La historia de la antigua China ofrece escasos ejemplos de monarcas y estadistas que fuesen derrocados a causa de haber caído bajo la influencia de una mujer y de un enamoramiento. Uno de estos raros ejemplos —y uno muy notable— es el del rey Yu de Tchou y su mujer Bau Si.

El país de Tchou lindaba por el oeste con los territorios de los bárbaros mongoles, y la sede de su Corte, Fong, se encontraba en medio de una región poco segura, que de vez en cuando se veía expuesta a los asaltos y saqueos de aquellas tribus bárbaras. Por ello fue preciso ocuparse de reforzar al máximo las fortificaciones fronterizas y, sobre todo, de proteger mejor la Corte.

Los libros de historia nos dicen que el rey Yu, el cual no era un mal estadista y sabía prestar atención a los buenos consejos, supo compensar las desventajas de su frontera adoptando inteligentes medidas, pero que todas estas inteligentes y meritorias obras quedaron destruidas por los caprichos de una bonita mujer.

En efecto, con ayuda de todos sus príncipes vasallos, el rey estableció en la frontera occidental una línea de defensa, línea de defensa que, como todas las creaciones políticas, presentaba un doble carácter, a saber: moral, por una parte, y mecánico, por otra. El fundamento moral del tratado era el juramento y la fidelidad de los príncipes y sus oficiales, cada uno de los cuales se comprometía a acudir con sus soldados a la Corte a socorrer al rey a la primera señal de alarma. A su vez, el principio mecánico, del cual se ocupaba el rey, consistía en un bien pensado sistema de torres, que hizo construir en su frontera occidental. En cada una de estas torres debía montarse guardia día y noche; las torres estaban provistas de tambores muy potentes. En caso de una invasión enemiga por cualquier punto de la frontera, la torre más próxima redoblaría su tambor; de torre en torre esta señal recorrería todo el país en un tiempo mínimo.

Este inteligente y loable dispositivo ocupó largo tiempo al rey Yu, quien tuvo que celebrar conferencias con sus príncipes, considerar los informes de los arquitectos, organizar la instrucción del servicio de guardia. Ahora bien, el rey tenía una favorita llamada Bau Si, una mujer hermosa que supo hacerse con una influencia sobre el corazón y los sentidos del rey, mayor de lo que puede convenir a un monarca y a su reino. Al igual que su señor, Bau Si seguía con curiosidad e interés los trabajos que se realizaban en la frontera, del mismo modo que una niña vivaracha e inteligente contempla, de vez en cuando, con admiración y envidia los juegos de los muchachos. Para que lo comprendiese todo perfectamente, uno de los arquitectos le había construido un delicado modelo —de arcilla pintada y cocida— de la línea de defensa; este modelo representaba la frontera y el sistema de torres, y en cada una de las graciosas torrecillas había un guardia de arcilla infinitamente pequeño y que en vez de tambor llevaba colgada una diminuta campanilla. Este bonito juguete constituía el pasatiempo favorito de la mujer del rey, y cuando alguna vez estaba de malhumor, sus doncellas solían proponerle jugar al «ataque bárbaro». Entonces colocaban todas las torrecillas, hacían tañer las campanillas enanas, y así disfrutaban y se entretenían mucho.

El día astrológicamente favorable en que, concluidas al fin las obras, instalados los tambores y preparado el servicio de guardia, se puso a prueba, previo acuerdo, la nueva línea de defensa, fue una ocasión gloriosa para el rey. Orgulloso de su realización, se mostraba muy impaciente; los cortesanos esperaban para darle sus parabienes, pero la más ansiosa y excitada era la hermosa mujer Bau Si, la cual casi no podía esperar que concluyesen todas las ceremonias y rogaciones previas.

Por fin llegó la hora señalada, y por primera vez comenzó a desarrollarse en gran escala y de verdad el juego de las torres y los tambores que tan a menudo había hecho pasar un buen rato a la mujer del rey. Ésta apenas podía contener sus ansias de comenzar a intervenir en el juego y a dar órdenes, tan grande era su alegre excitación. El rey le lanzó una grave mirada, y con esto se controló. Había llegado el momento; ahora jugarían al «ataque bárbaro» en grande y con torres de verdad, con hombres y tambores de verdad, para ver cómo resultaba todo. El rey dio la señal, el mayordomo mayor transmitió la orden al capitán de la caballería, éste trotó hasta la primera torre y dio orden de redoblar el tambor. El redoble retumbó potente y profundo, su sonido alcanzó todos los oídos, festivo y profundamente conmovedor. Bau Si se había puesto pálida de emoción y comenzó a temblar. El gran tambor de batalla redoblaba con fuerza su basto ritmo estremecedor, un canto lleno de presagios y amenazas, lleno de lo venidero, de guerra y miseria, de miedo y derrota. Todos lo escuchaban con profundo respeto. Cuando el sonido comenzaba a extinguirse, de la torre siguiente salió la réplica, lejana y débil, la cual se fue perdiendo rápidamente, y después no se oyó nada más, y al cabo de unos instantes se rompió el festivo silencio, la gente volvió a alzar la voz, se pusieron en pie y comenzaron a charlar.

Entretanto, el profundo y atronador redoble fue pasando de la segunda a la tercera y a la décima y a la trigésima torre, y cuando se dejaba oír, todos los soldados de esa zona tenían estrictas órdenes de presentarse de inmediato en el lugar convenido, armados y con la bolsa de provisiones llena; todos los capitanes y coroneles debían prepararse para la marcha sin pérdida de tiempo y apresurarse al máximo; también debían enviar ciertas órdenes preestablecidas al interior del país. Dondequiera que se oía el redoble del tambor se interrumpían el trabajo y las comidas, los juegos y el sueño, se empaquetaba, se ensillaba, se recogía, se emprendía la marcha a pie y a caballo. En breve espacio de tiempo, de todos los distritos de los alrededores salían tropas presurosas con destino a la Corte de Fong.

En Fong, en el patio de palacio, se había relajado pronto la profunda emoción e interés que se habían apoderado de todos los ánimos al redoblar el terrible tambor. La gente paseaba por el jardín de la Corte charlando animadamente, toda la ciudad estaba de fiesta, y cuando, transcurridas menos de tres horas, comenzaron a aproximarse ya cabalgatas pequeñas y más grandes, procedentes de dos direcciones, y luego, de hora en hora, fueron llegando más y más —lo cual duró todo ese día y los dos siguientes—, el rey, sus cortesanos y sus oficiales fueron presa de un creciente entusiasmo. El rey se vio colmado de agasajos y congratulaciones, los arquitectos fueron invitados a un banquete y el tambor de la primera torre, el que había dado el primer redoble, fue coronado por el pueblo, paseado en andas por las calles y obsequiado por todos.

La mujer del rey, Bau Si, estaba absolutamente entusiasmada y como embriagada. Su juego de torrecitas y campanillas se había hecho realidad de forma mucho más espléndida de lo que nunca hubiese podido imaginar. Por arte de magia, la orden había desaparecido en el solitario país, envuelta en la amplia onda sonora del redoble del tambor; y su resultado llegaba ahora, vivo, real, como un eco de lontananza, el emocionante bramido de ese tambor había producido un ejército, un ejército de cientos y miles de hombres bien armados que iban llegando por el horizonte, a pie y a caballo, en continuo flujo, en continuo y rápido avance: arqueros, caballería ligera y pesada, lanceros, iban llenando gradualmente, con creciente barullo, todo el espacio disponible alrededor de la ciudad, donde eran acogidos y se les indicaban sus posiciones, donde eran aclamados y obsequiados, donde acampaban, levantaban tiendas y encendían fogatas. Esto continuó día y noche; como duendes de fábula surgían de la tierra gris, lejanos, diminutos, envueltos en nubes de polvo, para finalmente formar filas, hechos sobrecogedora realidad, bajo las miradas de la Corte y de la embelesada Bau Si.

El rey Yu estaba muy satisfecho, y en particular le complacía el arrobamiento de su favorita; llena de felicidad, resplandecía como una flor y el rey nunca la había visto tan bella. Pero las festividades duran poco. También esta gran fiesta se extinguió y dio paso a la vida de todos los días: dejaron de ocurrir maravillas, no se hicieron realidad nuevos sueños de fábula. Esto resulta insoportable a las personas desocupadas y veleidosas. Pasadas unas semanas de la fiesta, Bau Si volvió a perder todo su buen humor. El pequeño juego con las torrecillas de arcilla y las campanillas colgadas de un hilo resultaba tan insulso ahora, después de haber probado el gran juego. ¡Oh, cuán embriagador había resultado éste! Y todo estaba allí dispuesto, listo para repetir el sublime juego: allí estaban las torres y colgaban los tambores, allí montaban guardia los soldados y permanecían alerta los tambores en sus uniformes, todo estaba a la expectativa, pendiente de la gran orden, ¡y todo permanecía muerto e inservible en tanto no llegase esa orden!

Bau Si perdió la sonrisa, desapareció su aspecto resplandeciente; el rey contemplaba preocupado a su compañera preferida, privado de su consuelo nocturno. Tuvo que incrementar al máximo sus presentes, con tal de poder sacarle una sonrisa. Había llegado el momento de comprender la situación y sacrificar al deber la pequeña y dulce preciosidad. Pero Yu era débil. Que Bau Si recuperase la alegría, le parecía lo principal.

Así, sucumbió a la tentación que le preparaba la mujer, poco a poco y ofreciendo resistencia, pero sucumbió. Bau Si le arrastró tan lejos, que llegó a olvidar sus deberes. Cediendo a las súplicas mil veces repetidas, satisfizo el único gran deseo de su corazón: accedió a dar la señal a la guardia fronteriza, como si se avecinase el enemigo. En el acto resonó el profundo, conmovedor redoble del tambor de guerra. Esta vez, al rey le pareció un sonido terrible, y también Bau Si se asustó al oírlo. Mas luego se fue repitiendo todo el delicioso juego: en el horizonte se alzaron las pequeñas nubes de polvo, las tropas fueron llegando, a pie y a caballo, durante tres días seguidos, los generales hicieron reverencia, los soldados montaron sus tiendas. Bau Si estaba encantada, su rostro resplandecía. Pero el rey Yu pasó momentos difíciles. Se veía obligado a reconocer que no le había atacado ningún enemigo, que todo estaba en calma. Conque intentó justificar la falsa alarma diciendo que se trataba de un provechoso ejercicio. Nadie se lo discutió, todos se inclinaron y lo aceptaron. Pero los oficiales comenzaron a rumorear que habían sido víctimas de una desleal travesura del rey; éste había alarmado a toda la frontera y los había movilizado a todos, miles de hombres, con el mero objeto de complacer a su favorita. Y la mayor parte de los oficiales estuvieron de acuerdo en no volver a responder en el futuro a una orden de este tipo. Entretanto, el rey se esforzaba por levantar los ánimos de las disgustadas tropas con espléndidos obsequios. Bau Si había conseguido lo que quería.

Pero cuando comenzaba a retornar su malhumor y empezaba a sentirse nuevamente deseosa de repetir el insensato juego, ambos recibieron su castigo. Tal vez por casualidad, tal vez porque les habían llegado noticias de esos acontecimientos, un buen día los bárbaros cruzaron inesperadamente la frontera en grandes bandadas de jinetes. Las torres dieron su señal sin tardanza, el redoble lanzó su imperiosa exhortación y se fue difundiendo hasta el último recodo. Pero el exquisito juguete, con su mecánica tan admirable, parecía haberse roto: los tambores ya podían sonar, pero nada tañía en los corazones de los soldados y oficiales del país. Éstos no respondieron al tambor. Y el rey y Bau Si otearon en vano en todas direcciones; por ningún lado se levantaba la polvareda, en ninguna dirección se veían acercar caracoleantes las pequeñas cabalgatas grises, nadie acudió en su ayuda.

El rey salió presuroso al encuentro de los bárbaros con las escasas tropas que tenía a mano. Pero el enemigo era numeroso; derrotó a las tropas, tomó la Corte de Fong, destruyó el palacio, derribó las torres. El rey Yu perdió el reino y la vida, y otro tanto le ocurrió a su favorita Bau Si, de cuya perniciosa sonrisa aún siguen hablando los libros de historia.

Fong fue destruida, la cosa iba en serio. Éste fue el fin del juego de los tambores y del rey Yu y la sonriente Bau Si. El sucesor de Yu, el rey Ping, no tuvo más remedio que abandonar Fong y trasladar la Corte más hacia Oriente; se vio obligado a comprar la futura seguridad de sus dominios por medio de pactos con monarcas vecinos y la cesión a éstos de grandes extensiones de territorio.

EL SALTO

Al intentar recoger para la preciada posteridad la vida del noble Willibald vom Ärmel, *el Joven,* somos perfectamente conscientes tanto de la dificultad de nuestra tarea como de lo poco modernos que son estos trabajos y cuán mal considerados están. Una época que teje coronas para el inventor del cascanueces atómico y sólo consigue contener la afluencia del público a los viajes dominicales a Saturno con ayuda de grandes efectivos policiales, una época que sólo reconoce y venera el éxito material y los esfuerzos deportivos mesurables, no respetará, ni hará justicia ni tampoco se interesará por las hazañas de la estilística ni por los intentos de afinar el piano de Gottwalt Peter Harnischen, por no citar ya nuestra tentativa de honrar la memoria de Willibald vom Ärmel, *el Joven.* En cambio, nos consuela y nos da ánimos pensar que los adoradores de esos estilistas, de ese Walt Harnisch o de nuestro bienaventurado Willibald vom Ärmel, y quienes desdeñan el éxito y el progreso, saldrían muy malparados si actuaron pensando en la aprobación de los héroes *recordman* o de los excursionistas que pasan los domingos en la luna. Suponiendo que exista algo así como una ambición, que nos espolee y nos anime, ésta es de otro tipo, más noble y más elevada.

El noble arte que Willibald practicó durante toda su vida no fue un invento suyo, lo aprendió ya de niño de su padre, y también éste ya había tenido antepasados y predecesores hasta un remoto pasado. En cualquier caso, él, Willibald el Viejo, no aprendió y comenzó a practicar el elevado ejercicio, que por lo general suele designarse como «El salto», a edad demasiado temprana, sino sólo cuando ya era adulto. Lo poco que sabemos de su vida puede resumirse en breves palabras. Era hijo de un oficial, que le educó con métodos severos y soldadescos y quería hacer de él también un oficial, pero no consiguió este propósito, pues Willibald, amargado por la dureza y severidad del padre, se resistió con firme obstinación a aquellos planes. Aunque por naturaleza se parecía a su padre y estaba muy bien dotado para los ejercicios deportivos y militares, se negó constantemente a seguir la profesión que aquél le había destinado y, con testaruda obstinación, dedicó su atención precisamente a aquellas ocupaciones y estudios que veía eran objeto de la mofa y el desprecio del padre: la literatura, la música, las ciencias filológicas. Logró imponer su voluntad y se hizo profesor. Adquirió fama como autor de la canción *Cómo alegra abril el corazón,* la cual se cantó mucho durante décadas y fue una de las piezas favoritas de todos los cancioneros para estudiantes secundarios. Verdad es que las generaciones posteriores olvidaron tanto el texto como la melodía de la canción, se burlaron de su estilo, que había alegrado a toda una generación, y la eliminaron de los libros escolares. No sabemos si Willibald el Viejo alcanzó a vivir estos hechos, aunque sin duda le habría preocupado muy poco, pues

cuando llevaba algunos años enseñando en escuelas se-
cundarias, murió su padre, y nada más suceder esto, desapareció la actitud despectiva de Willibald con respecto
a la vida de los soldados y oficiales, y con ella desaparecieron también sus aficiones musicales, que había exa-
gerado por orgullo. Una vez desvanecida la autoridad
contra la que tan firmemente se había rebelado, siguió
alegremente las aptitudes e impulsos heredados, abandonó la gramática y la lira, inició la carrera de oficial y
pronto dejó atrás los primeros escalafones. Luego, gracias a una misión en tierras del Este, conoció el Oriente y allí tuvo un encuentro que sería determinante en
su vida. Tuvo oportunidad de contemplar las danzas derviches. Al principio lo hizo con esa actitud de curiosidad algo desdeñosa y escéptica que tantos occidentales
consideran obligada en estas tierras, pero cada vez fue
quedando más cautivo por la fuerza del entusiasmo y la
entrega total que animaba a esos devotos danzarines y
uno de ellos, un joven derviche de alta talla y actitud casi sobrehumana, cautivó particularmente su atención y
conquistó su admiración y su amor. No cejó hasta conseguir establecer contacto y finalmente una amistad con
ese Achmed. Y a través de él aprendió Willibald ese raro ejercicio a cuyo servicio estaría dedicada su vida y
más adelante la de su hijo: el salto sobre la propia sombra. Desde el momento en que descubrió que Achmed
se retiraba frecuentemente para ejecutar ciertos ejercicios, durante los cuales se protegía cuidadosamente de
cualquier mirada curiosa, no paró hasta conseguir que
el derviche le confiara su secreto. A su apremiante pregunta de qué hacía tan solitario y escondido, Willibald

recibió con sorpresa esta breve respuesta: «Salto sobre mi propia sombra».

«Pero eso es imposible», exclamó Willibald, «es una locura». «Ya lo verás», fue la respuesta de Achmed y convocó a su amigo para el día siguiente a una cierta hora en un lugar apartado detrás de los establos de una caravana. Y allí el occidental le vio saltar sobre su sombra, es decir: le vio saltar con tanta agilidad y rapidez, que no pudo dictaminar si el saltador había sido realmente más rápido o no que la sombra que competía con sus saltos sobre la arena. La sombra no permanecía quieta ni un momento, y el dueño de la sombra no parecía sentir la gravedad, saltaba y giraba en incesantes y veloces saltos como una mariposa o una libélula, plenamente concentrado en los brincos, giros, vueltas. Y no sólo no quedó claro si había saltado o no por encima de la sombra, sino que ello había perdido toda importancia para el sorprendido espectador, se había olvidado de prestarle atención, contemplaba al saltarín con la misma emoción y admiración, con la misma intuición de un milagro y una gracia divina, con que había contemplado en aquella ocasión la danza del coro derviche. Cuando Achmed concluyó su ejercicio, permaneció un rato quieto con los ojos cerrados, aparentemente ni acalorado ni mareado ni cansado, con una expresión de íntima satisfacción en el rostro. Cuando abrió los ojos, Willibald le dio las gracias con una profunda reverencia, como la que había practicado para la recepción del sultán. Le preguntó al amigo en qué pensaba mientras saltaba. «¿En quién?», dijo éste en voz baja. «En Aquél que no necesita saltar.» De momento, Willibald no comprendió. «... ¿no necesita saltar?», repitió en tono interrogante. Y Achmed: «Él es la luz misma y no tiene sombra».

Hasta ese momento, la vida de Willibald el Viejo había sido una vida de metas, de esfuerzos y de ambición, primero había procurado ganar fama y admiración como maestro, como poeta y músico, luego siendo oficial había buscado la consideración y bienquerencia de sus superiores. En ese momento todo cambió. Su meta ya no estaba fuera de su persona, y su felicidad, su satisfacción ya no podían ser realzadas o disminuidas desde el exterior. Desde ese momento, su meta fue alcanzar algo de la satisfacción y la luz que había visto brillar en la cara de Achmed después de saltar su sombra, su ansiedad tenía ese grado de fervor que había presenciado por primera vez en la danza revoloteante de los derviches y que ahora acababa de ver, más callada pero también más sublimada, en la devota danza del salto de la sombra.

Pese a que estaba acostumbrado a hacer rigurosos ejercicios físicos de muchas clases, tardó mucho tiempo en alcanzar, no ya la perfección de su amigo, pero sí al menos una cierta habilidad.

LOS DOS HERMANOS
(Para Marula)

Érase una vez un padre que tenía dos hijos. El uno era hermoso y fuerte, el otro pequeño y contrahecho; por ello despreciaba el grande al pequeño. Esto no le gustaba nada al menor y decidió emigrar lejos e ir por el mundo. Cuando hubo caminado un trecho, se cruzó con un carretero, y al preguntarle dónde iba con su carro, le contestó el carretero que tenía que llevar a los enanos sus tesoros a una montaña de cristal. El pequeño le preguntó cuál era la recompensa. La contestación fue que en pago recibía algunos diamantes. Entonces el pequeño tuvo ganas de ir también adonde estaban los enanos. Por eso preguntó al carretero si creía que los enanos le admitirían. El carretero dijo que no lo sabía, pero llevó al pequeño consigo. Por fin llegaron al monte de cristal, y el guardián de los enanos recompensó ricamente al carretero por su molestia y le despidió. Entonces se lo dijo todo. El enano dijo que le siguiera. Los enanitos le admitieron de buena gana y llevó desde entonces una vida espléndida.

Ahora veamos lo que pasó con el otro hermano. Éste, durante mucho tiempo, lo pasó muy bien en casa. Pero cuando se hizo mayor, tuvo que ser soldado e irse a la guerra. Fue herido en el brazo derecho y tuvo que pedir limosna. Así llegó el pobre también una vez a la montaña de cristal y vio allí a un hombre contrahecho, pero no sospechaba que fuera su hermano. Mas éste le reconoció enseguida y le preguntó qué era lo que deseaba.

—¡Oh!, señor, estaré agradecido si me dais una corteza de pan, que tengo mucha hambre.

—Ven conmigo —dijo el pequeño.

Y entró en la cueva cuyas paredes refulgían de diamantes puros.

—Puedes tomar un puñado de ellos si eres capaz de desprender las piedras sin ayuda —dijo el contrahecho.

El mendigo intentó con su mano sana desprender algo de la roca de diamantes, pero naturalmente no le fue posible. Entonces dijo el pequeño:

—Tal vez tengas un hermano, te permito que él te ayude.

El mendigo rompió en llanto y dijo:

—Ciertamente, tenía antaño un hermano, pequeño y contrahecho como usted, y tan bueno y amable, él seguramente me habría ayudado, pero yo le eché inhumanamente de mi lado, y hace ya mucho tiempo que no sé nada de él.

Entonces dijo el pequeño:

—Pues yo soy tu pequeño. No sufrirás más privaciones, quédate conmigo.

★ ★ ★

Que entre mi cuento y el de mi nieto y colega existe un parecido o parentesco no es seguramente ningún error de apreciación del abuelo. Un psicólogo vulgar acaso interpretaría los dos ensayos infantiles de este modo: cada uno de los dos narradores habrá de ser identificado con el héroe de su cuento, y tanto el piadoso muchacho Pablo como el pequeño contrahecho se inventan un doble cumplimiento de su deseo, o sea, en primer lugar, recibir una cantidad masiva de regalos, sean juguetes y libros o toda una montaña de piedras preciosas y una vida regalada con los enanitos, o sea, con sus semejantes, lejos de los mayores, adultos, normales. Más allá de ello, empero, se atribuye cada uno de los narradores de cuentos poéticamente una gloria moral, una corona de virtudes, pues compasivamente da su tesoro al pobre (lo que en realidad no habrían hecho ni el «viejo» de diez años ni el mozuelo de diez años). Será cierto así, no quiero hacer objeciones. Pero también me parece que el cumplimiento del deseo se realiza en la región de lo imaginario y del juego, por lo menos de mí mismo puedo decir que a la edad de diez años no era ni capitalista ni comerciante de joyas, y que con seguridad aún no había visto nunca a sabiendas un diamante. En cambio, ya conocía algunos cuentos de Grimm, y tal vez también a Aladino y su lámpara maravillosa, y la montaña de piedras preciosas era para el niño menos la representación de riquezas que un sueño de inaudita belleza y poder mágico. Y singular me pareció también que en mi cuento no aparezca ningún «buen Dios», a pesar de que en mí hubiera sido probablemente más natural y más real la alusión que en mi nieto, que sólo «en el colegio» había llegado a tener curiosidad por Él.

Lástima que la vida sea tan corta y esté tan sobrecargada de obligaciones y tareas de actualidad, aparen-

181

temente importantes e indispensables; a veces, por la mañana, no se atreve uno a levantarse de la cama porque sabe que la gran mesa de despacho está todavía colmada de asuntos sin despachar y que durante el día, el correo los duplicará encima.

Si no, aún se podría hacer algún que otro juego divertido de meditación con los dos manuscritos infantiles. A mí, por ejemplo, nada me parecería más interesante que una investigación comparativa del estilo y de la sintaxis en los dos ensayos. Pero para juegos tan atractivos no es nuestra vida lo bastante larga. Al fin y al cabo no estaría tampoco indicado perturbar tal vez el desarrollo del sesenta y tres años menor de los dos autores por medio del análisis y la crítica. Pues el menor, según las circunstancias, puede llegar todavía a ser alguien, pero no así el viejo.

pocket edhasa

Ambrose BIERCE
CUENTOS DE SOLDADOS Y CIVILES

Adolfo BIOY CASARES
PLAN DE EVASIÓN

Adolfo BIOY CASARES y J. L. BORGES
LIBRO DEL CIELO Y DEL INFIERNO

**A. BIOY CASARES, J. L. BORGES
y S. OCAMPO (EDS.)**
ANTOLOGÍA DE LA LITERATURA FANTÁSTICA

Albert CAMUS
EL VERANO/BODAS
LA PESTE (GL)

Geneviève CHAUVEL
SALADINO

Antón CHEJOV
EL BESO

José Luis CORRAL
EL SALÓN DORADO (GL)
EL CID

Julio CORTÁZAR
HISTORIAS DE CRONOPIOS Y DE FAMAS (GL)
TODOS LOS FUEGOS EL FUEGO

Roald DAHL
LA VENGANZA ES MÍA, S.A.

Lindsey DAVIS
LA PLATA DE BRITANIA (GL)
LA ESTATUA DE BRONCE
LA VENUS DE COBRE
LA MANO DE HIERRO DE MARTE
EL ORO DE POSEIDÓN

ÚLTIMO ACTO EN PALMIRA
TIEMPO PARA ESCAPAR
UNA CONJURA EN HISPANIA
TRES MANOS EN LA FUENTE
¡A LOS LEONES!
UNA VIRGEN DE MÁS
ODA A UN BANQUERO

Philip K. DICK
BLADE RUNNER (GL)

J. P. DONLEAVY
CUENTO DE HADAS EN NUEVA YORK

Lawrence DURRELL
JUSTINE
BALTHAZAR
MOUNTOLIVE
CLEA
EL LABERINTO OSCURO
EL CUARTETO DE ALEJANDRÍA

Lawrence DURRELL
y Emmanuel ROYIDIS
LA PAPISA JUANA

Shusaku ENDO
EL SAMURÁI

Ramón DE ESPAÑA
NADIE ES INOCENTE
SOL, AMOR Y MAR

William FAULKNER
LAS PALMERAS SALVAJES

Robert GRAVES
EL CONDE BELISARIO
EL SELLO DE ANTIGUA
EL VELLOCINO DE ORO

REY JESÚS
LAS AVENTURAS DEL SARGENTO LAMB
ÚLTIMAS AVENTURAS DEL SARGENTO LAMB
LAS ISLAS DE LA IMPRUDENCIA
LA HISTORIA DE MARY POWELL

Graham GREENE y otros
EL LIBRO DE CABECERA DEL ESPÍA

Hella S. HAASSE
EL BOSQUE DE LA LARGA ESPERA
LA CIUDAD ESCARLATA

Gisbert HAEFS
ANÍBAL
ALEJANDRO MAGNO

Ernest HEMINGWAY
TENER Y NO TENER

Hermann HESSE
NARCISO Y GOLDMUNDO (GL)
CUENTOS MARAVILLOSOS

Alfred HITCHCOCK (ed.)
LA MUERTE ACECHA
HISTORIAS PARA MORIRSE
NO APTO PARA CARDIACOS

Aldous HUXLEY
CONTRAPUNTO
EMINENCIA GRIS
LA FILOSOFÍA PERENNE
LA ISLA (GL)
LAS PUERTAS DE LA PERCEPCIÓN

P. D. JAMES
MORTAJA PARA UN RUISEÑOR
CUBRIDLE EL ROSTRO

Esta edición de *Cuentos maravillosos*,
de Hermann Hesse,
se terminó de imprimir en Liberdúplex,
el 11 de enero de 2016